# もう一人の舞姫

## 鷗外の隠し妻異譚

*Nishimura Tadashi*
西村正

作品社

# もう一人の舞姫

鷗外の隠し妻異譚

児玉せきと一人娘のきんちゃん

# もう一人の舞姫◎目次

# 序章　団子坂

おせきが北千住からここ千駄木町十一番地に引っ越してきたのは、まだ二十二歳の時であった。

団子坂という急な坂を上り切ると、左手に観潮楼という大きなお屋敷がある。

このお屋敷を通り過ぎて、最初に右に入る細い筋を入った所におせきの家がある。

家といっても間口が狭い下町風の小さい民家の並びの一つである。

坂の左は斜面になっていて登り切った所から南に急に展望が広がる。

遥かに続く水田の向こうには上野、谷中の森が見渡される。

もっと右に目をやるとどこまでも続く豆粒のような人家の屋根が灰色の平野のように見え、もっともっと先で春霞に紛れたような品川の海と融合する。

坂の上の大きなお屋敷の二階から見事に海がよく見えるので、この家の主人が自宅を観潮楼と名付けたが、今では千駄木界隈の人々もみんな観潮楼と呼ぶようになっている。

主人の名は、鷗外・森林太郎。

おせきはこの観潮楼の通いの女中として奉公するために、一人で引っ越ししてきたのである。入居する前、森家の出入りの大工たちがバタバタとやってきて、古い家をあっという間に住みやすいように改装した。そしてちょっとした簞笥や夜具、こまごまとした生活用品などが大八車で少しずつ運び込まれた。

おせきは奉公に上がる前の日、家の隣近所に手土産を持って一人で挨拶回りをした。


「ごめん下さいませ」


玄関先にほっそりした若い女が立っている。

切れ長の目でスッと通った鼻筋、丸髷をきっちり結い、地味なかんざしを挿している。明るい灰色の鮫小紋の夏お召しに生成り色の帯。黒っぽい夏羽織を羽織り、年の割には地味づくりである。蝶々をかたどった帯留め飾りが唯一、若さを主張している。

色は抜けるように白く、うっすらと紅をひいた大きくも小さくもない唇がおずおずと開いた。

「明日から森様のお屋敷で通い女中として御奉公させていただくことになりました。児玉せきと申します。よろしくお願い申し上げます」

おせきが一軒一軒あいさつに回った後、近所の人々は噂しあった。

八百屋のおかみは亭主に、

「お前さん、綺麗な人だね」

「そりゃそうだろう、鷗外大先生の所で働くお女中は、べっぴんでないと務まるもんか」

とたわいもない話をしているうちに、隣近所の人が集まってきた。

「それにしてもたくさん女中がいるのに、なぜあの子だけが一軒家に住むんだい?」

「そういえば観潮楼のお抱え大工が修理に入ったり、家財道具がどっさり運ばれたり、わからないことばかりだよ。不思議な人だね」

「どこの生まれだろうね」

「先生の国の津和野じゃねえのかい。あまりにも可愛いもんだから先生が連れてきたりして……」

「馬鹿をお言いでないよ、先生はあんたと違ってスケベでないよ」

「でも控えめで大人しそうじゃないか。これからあの楚々とした人が近所だと楽しみだよ」

「違げーねェ、あの顔でニッコリされたら、朝一から元気が出るってもんよ」

「美人は得だねェ」

江戸っ子は勘が鋭い。みんなこのご近所になった謎めいた女中に好奇心を持ってしまった。

# 第一章　決心

## 一

児玉せきは慶応三年（一八六七）二月二五日、千住仲組二十六番で生まれた。

千住という所は日光街道・奥州街道の最初の宿場町として開けた所である。街は一丁目から五丁目まであり、二丁目から三丁目までに大きな二階三階建ての青楼（妓楼）が立ち並んで賑わっていた。

仲組は今でいえば、東京都足立区の北千住駅から南西の一角に当たる住宅街だ。当時も繁華街で生活する人々が多く住んでいた。ここの借家に居住している料理日雇いの児玉伊之助となみ夫婦の間に生まれた一人娘がおせきである。

小さい時から近所でも評判のかわいらしい色白の女の子だった。

豊かでない家の状況を子供ながらに理解し、すすんで母の内職を手伝うなど近所の大人たちが感心するほどの利発な子で、素直なので誰にも可愛がられていた。

やがて美しい娘に成長したおせきに一目ぼれした男が現れた。

徳島県出身で巡査をやっている木内栄助。彼は一人娘のせきの家に強引に婿養子として入ってきた。両親は堅い仕事の婿養子に児玉家を任せることができると喜んだやさき、栄助には田舎に妻子がいることがばれ、彼は児玉家から逃げ出した。十七歳になったせきが女の子を産んだ後であった。

やがて父が亡くなり、おせきは母なみと、まだ小さい「きん」と名付けられた娘と女ばかり三人で暮らしていくことになった。きんの出産が大変で次の妊娠は無理と医者に告げられたおせきにとって、「きんちゃん」の成長だけが生き甲斐となってきた。

母なみは貧しいながらも気丈な人であった。

子持ちであってもまだ若い二十歳にならない娘が、自分が死んでも生きていける道はないにか。ましてや娘は子供を産めない体である。良い再婚話は難しいだろう。ならば、女でも手に技術を持たせてやることが一番いいのではないかと考えた。

おせきはそれまでに一応裁縫の基礎を身につけていたが、母なみはさらに特訓した。おかげでどんな難しい着物も手早く仕立てることができるようになっていた。

また歌沢（江戸末期から流行った歌謡）の名取りにもなり、三味線の名人と言われるようになった。なみは宿場の賑わいをよく知っている。最悪の場合でも黒板塀の中で、三味線や謡いで自活できるようにとの親心だった。

おせきが二十二歳、娘きんが六歳の時に、一家は住み慣れた千住仲組から北千住に引っ越した。母が「森様にいろいろお骨折りを頂いて引っ越してきたのよ」と言っていたことを覚えている。祖父児玉治助の頃から森家との付き合いがあったらしいが、おせきの知らないことである。

北千住の引っ越し先は橘井堂《きっせいどう》医院という開業医の近所であった。

おせきがここの院長は、あの森鷗外の父だと知ったのはもう少し後のことである。

橘井堂医院は一丁目はずれの奥で、かなり広い旧家を買い取り医院に改造したものである。

鷗外の父静男は、版籍奉還で東京に移住させられた藩主に従い向島小梅村に居住していた。引き続き御典医を続けたり旧藩士の診療にあたっていたが、生活のため自活せざるを得なくなり、ここで開業することにしたのである。

夜になるとあかあかと青楼に火が灯る。

賑やかな三味線や太鼓の音、芸者の嬌声、路上からは客引きと冷かす酔客の大声。

忙しく出前を届ける料理屋の小僧。夜も昼も人口密度が高いということだ。

士族の商売下手は「武家の商法」と馬鹿にされるが、鷗外の父は絶妙の地で開業したものだ。

実際橘井堂医院は繁盛を極めた。

母なみは森家によく出入りしていた。院長夫人、つまり鷗外の母峰子とよく気が合い話し友だちのようなものだった。もちろん、なみは分をわきまえている。相手はいくら気さくだとはいえ、津和野藩の御典医だった家系の奥様である。本当に気が置けない相手と井戸端会議をするようなわけにはいかない。でもなみは峰子の落ち着いた、包み込むような笑顔が好きであった。

# 二

ある日なみは峰子に呼ばれた。

「おなみさん、娘さんはとっても裁縫がお上手で、なんでも器用に着物をお仕立てされるんだって？」

「器用というほどではありませんが、一応仕込んでおります」

「まあ、ちょうどよかった。うちはね、家族が多いでしょう。長女の喜美子は嫁いだからいいけど、男の子三人と主人の普段着もしょっちゅう繕いしなくちゃいけないのよ。もし娘さんがお仕事をなさっていなかったら、うちへお手伝いに来ていただければ有り難いんだけど……」

「もったいないことです。森様のお役に立つことであればぜひお願いいたします」

なみは峰子の依頼を有難く受けた。主人伊之助の遺産はしれているし、娘の亭主は行方知らずだ。女三人の家族でやはり娘のせきに頑張ってもらわねばならない。

峰子は言葉を継いだ。

「当面は、おなみさんと娘さんとでこの橘井堂医院に週何回か通っていただいて、裁縫や家事のこまごましたことを助けていただければ助かるわ」

「承知いたしました。それでは明日、娘をつれて改めてご挨拶に参ります」


翌日、なみは娘と幼い孫をつれて橘井堂医院を訪れた。

峰子はおせきと初対面だ。

奥二重の切れ長の目、細面の白い顔、スッとした鼻筋、薄い唇、細い肩、体全体が華奢。すべてがすずしくて淋しげな風情。美形である。

峰子は女の直感で——この娘は驕慢なところが少しもない——と見抜いた。


「おなみさん、もうご存知だと思いますが、長男の林太郎は離婚して今、本郷のほうの借家に、二男の篤次郎と末弟の潤三郎と三人で住んでいるのよ。なにしろ男ばかりのむさくるしいところでしょう。そちらのほうも娘さんと時々お手伝い願えないかしら」と頼んだ。

なみは娘を振り返ると、おせきはうつむきながらうなずいた。こうして児玉家の母娘は忙しい森家の家事全般を少しずつ任せられるようになった。

峰子はおせきの働きぶりを見るうちに、裏表のないところは勿論であるが、何事につけても我を出さないところが好ましく思えてきた。決して豊かでない家庭で育ったため我慢というものを身につけたのか、しかしそれが決して卑屈になっていないところに好感を持った。

おせきのほうも打ち解けて、自分の将来のことや希望を峰子に語るようになった。

もう自分は出産後の卵管炎で卵管が癒着し、子供は産めない体になってしまったこと、一人娘のきんには人並みの生活をさせてやるために、必死で働いてお金を貯めたいこと、できれば名前だけでも児玉の家を残したいことをポツリと言う。

峰子は万事控えめなおせきの芯の強さを発見し、自分との共通点があることに驚いた。

自分も一人娘として津和野の森家を守るため、必死で頑張ってきている。婿養子の静男をもらい、今嫡男の林太郎がやっと出世街道を歩み始めたところだ。

……こんな健気な子が女ながらに一生懸命実家を守ろうとしている。なんとか応援してやりたい……との気持ちが湧いてきた。

峰子はどうしても年が近い娘の喜美子と比べてしまう。

森家は明治維新で没落士族になってしまったが、津和野時代から家は貧しくても、祖父母、自分たち夫婦、三人の男の子と一人の娘が力を合わせ一家笑いが絶えない家庭をつくってきた。

おかげで喜美子も兄や親たちになんでもズケズケと言う闊達な娘に育ってくれた。

……おせきが控えめで淋し気な風情があるのは、やはり育った環境からなのか……

峰子はすこし複雑な思いにかられた。

## 三

峰子は最愛の息子の離婚が自分のせいだとわかっている。

鷗外はドイツ留学中エリーゼという女性と恋仲になり同棲していた。もちろん厳格な家には秘密のままであった。

峰子がエリーゼのことを打ち明けられたのは、鷗外が帰国した早々のことである。

しかもその恋人は今、築地のホテルにいるという。鷗外の次の船便で追いかけるようにやって来たのだ。半狂乱になった峰子は四方八方に手を尽くし、彼女を説得してもらい追い返してしまった。超保守的な陸軍の中で軍医として大成するためには、森家として勝手に異国の女と結婚させるわけにはいかなかった。

二人の愛は、明治の「家」という概念によって無残にも引き裂かれたのである。

そして鷗外は意に染まぬ政略結婚をさせられたが、なんと結婚一年そこそこで、生まれたばかりの赤ちゃんを置いたまま家を飛び出したのだ。

離婚してから彼は大いに荒れに荒れた。

といっても酒や遊興三昧や趣味道楽にうつつを抜かしたのではない。外部に対しては理論的な喧嘩ばかりふっかける。自分自身には医学と文学の完璧な成果をノルマとして課す。自分をとことん追い詰めるのだ。まるで過労で血を吐いて死ぬ方がましだといわんばかりに自分を責めぬいた。なぜここまでストイックというより自罰的にならなければならないのか。

それは恋人を裏切った後ろめたさもあるが、何一つ周囲に反抗できなかった情けない自分に対する自己懲罰のエネルギーが噴出していたのだ。

つまり破れた恋愛より、もっともっと高い崇高な目標に自分を昇華し、すべての全精力を仕事へ一点集中し煩悩を忘れ去ること……

すなわち、

「軍医界で立身出世すること」

「日本一の大文豪になること」

の二点を究極の人生目標に定め、猪突猛進するしか自分を救うすべがなかったのである。

医学面では、陸軍軍医部の過大な期待が鷗外を苦しめた。

当時国民病と恐れられていた脚気は致死率が高く陸海軍人にも大きな被害を与えていた。

現在はお目にかかることがない病気だが、症状はまず脚気という名がついているように、脚が痺れて重くなる（神経障害）。次に歩行障害が現れる（運動障害）。次いで脚がむくみだし（浮腫）、食欲低下、全身倦怠感が発現する（代謝障害）。さらに動悸、息切れで苦しみ（循環障害）、最後は心臓麻痺（脚気衝心）で死ぬこともある。

「おい、森よ、海軍は我々より脚気が少ないぞ。お前は何のためにドイツへ行かせてもらったんだ。洋行帰りの得意な衛生学で海軍に負けないような結果をだせ！」

「お前は国の費用で、足かけ五年もドイツへ行かせてもらったんだって？　フーン、さぞかし脚気に対する技術を持って帰ったんだろうな」

やっかみが強い先輩の言葉に身がつまされる。

海軍の成功は、西欧では脚気がないのは主食が麦（パン）だからと考え兵食を米から麦に変えていたからである。

（現代では脚気の原因はビタミンB不足と解明されている。白米はビタミンBが殆どないが麦には多く含まれるので、結果的に麦食は脚気予防となったわけであるが、海軍はこの事実を知って兵食改革をやったわけではない。消化吸収などの栄養学的見地から見ると米の方が優れている。昔の日本人は貧しく、ビタミンBが多い動物性蛋白質をほとんど摂ることなしにどんぶり飯と漬け物類で済ますので脚気の流行を見たのである。白米にビタミンBが含まれるおかずを摂っていれば問題ない）

上司の軍医部次長、石黒忠悳は鷗外に「陸軍は海軍にくらべ兵員数が桁違いに大きすぎる。そう簡単に米を麦に変えられるわけがない。それに麦は傷みやすく保存が大変だ。第一、米飯の方が麦飯よりもよっぽど美味いので兵隊は麦に変えると怒り出すだろう」と常々言っている。

「お前は一刻も早く米食は麦飯に勝っていることを証明し、米食は脚気となんら関係がないことを証明せい！」と厳命した。

このため毎日のように遅くまで軍医学校の実験室で試験管を振っているのだ。

しかしエネルギッシュな鷗外はもう一つの顔、文芸でも手を抜かない。新婚の頃から外国文学の翻訳や創作を開始。訳詩集『於母影』を発表し、その稿料をもとに文芸雑誌『しがらみ草紙』を創刊した。

このころドイツ留学中の経験をもとにドイツ三部作といわれる『うたかたの記』、『文つかひ』、『舞姫』を書いた。このうち『舞姫』は最も有名な作品で鷗外の屈折した心理を最もよくストレートに表している。私小説ととられないように巧妙に登場人物の設定を変えているが、鷗外を愛し信じ続けたドイツ人の恋人エリーゼを捨てたことへの贖罪意識に満ちている作品だ。

つまりエリーゼへの生きながらの鎮魂歌ともいえる。

医学も文学も負けられない鷗外は果敢に外部へ喧嘩をふっかける。

海軍とは「兵食は米か麦か」の論争で、とことん海軍軍医部を罵倒し敵をつくる。

科学論文に必要な統計学に対しては「そもそも統計学なんぞ科学でない」とやらかし敵をつくる。

新進の作家坪内逍遥には、小説に必要なのはロマンか写実かという、神学論争に似たエンドレスな論争をふっかける。

また石橋忍月という文芸批評家に「『舞姫』にはストーリー展開上の矛盾点（瑕瑾《かきん》）がある」と批判されるや、激怒し、文芸誌になんと七回も反撃文を掲載する。内容よりも論旨の流れの瑕瑾を指摘されたので、ロジカルな鷗外には耐えがたい屈辱だった。

忍月は馬鹿げているとし相手にしなかったが、これを見て作家の内田魯庵は、「鷗外には気をつけよ」と文人仲間に警告を発したほどであった。

ここまでやって鷗外は疲れないのだろうか。

いや鷗外にとってむしろ敵をつくり突撃する方が、全てを忘れられ救われるのだ。

彼の血中アドレナリンは、今ますます過剰に分泌され続ける。

## 四

鷗外の弟たちから兄の過労死しそうな日常生活を聞いている母は気が気でない。

まして夜な夜な帰宅は遅いそうではないか。

「林《りん》はいつ寝るのだろう」

峰子は林太郎に対し昔から過保護である。

無理もない。傾きかけた家運を盛り返してくれるのは、津和野時代から神童の誉高い林しかいない。

……あの子ももう二十九歳だ。理性的な子だからイライラ感を発散させるため花柳界（遊郭）へ入り浸りになることはないけれど、もしそうなった場合、性病をもらったら大変だ。

かといって、今は再婚できるような環境ではない。第一森家と釣り合う家で、面食いの林が気に入るような従順な才媛はそうそういるはずがない。さてどうしたものか……

千住で開業していた鷗外の父静男も年をとり弱気になってきた。

親思いの鷗外は両親と同居するべく妹喜美子と土地を探し出した。千駄木の団子坂の崖上に広い土地が見つかり、そこに立つと素晴らしい眺望が目に入る。遥か彼方に海まで見える。

二人はすっかり気に入り即決した。

新築の母屋の玄関は、峰子の趣味で広い式台がつき、塗り縁の障子を立てた。

「こうしておかねば、お殿様のお部屋様（奥方）やお姫様方をお招きするのに似合わない」

旧藩主の方々をお招きしたいというのが、かねてからの峰子の願いであった。

明治二十五年になっても武士の家の気概は残る。しかし大きな邸宅をという森家の夢が一つ叶っても、森家嫡男の再婚という安定した生活はいつになるか分からない。

ある日、峰子は考えて考えた末になみを呼んだ。


「おなみさん、相談というのは他でもない、おせきさんのことなの」

「まあ、なにか娘が不都合でも？」

「いえいえ、そんなことではありません。おせきさんは本当によく尽くしてくれます。素直だし色んなことによく気が付くことに、静男も私もすごく満足しているのよ。ただ……」

「ただ？」


なみの聞き返しに一瞬峰子は怯んだ。しばらく沈黙が続く。

峰子は言いにくそうに口を開いた。

「おなみさんもうちの林太郎が離婚していることは御存知でしょう」
「はい？」
「じつはね、林太郎の離婚は私たちのせいなの。あの子にはどうしても結婚したいドイツ人の女の子がいたのよ。林のあとを追って日本にやってきたけど、私たちが無理やり追い返してしまったの……それから林は人が変わってしまった……」

峰子は湯呑をとると冷えた茶を一気に飲み干した。

「そして前から決めていた男爵家の御令嬢と結婚させたのだけど……」

おなみは聞く一方である。

「それで？」
「あちら様の家の格式が高すぎて家風が全然違うということもあったんだけど……やはり林好みの容貌ではなかったのよ。あの子はとても面食いだから……」

峰子は湯呑を手にしたままジッと畳の上を見つめている。
自分に言い聞かせるように、言葉を選びながら小さな声をポツリポツリと出す。
やがて二人の会話は途切れた。

なみは息をのんで次の言葉を待った。

峰子の湯呑を持つ指が無意識に動いたような気がした。


峰子は意を決して口を開いた。


「言いにくいことなんだけど、男の人ってあれを我慢できなくなることがあるでしょう?」

「は?」

再び二人の間に重い空気が流れた。


「林太郎は森家の嫡男。必ず然るべき時に然るべき人と結婚させます。でもそれまでもし女遊びをして花柳病(性病)でもなってしまったら、次の子ができません。林太郎は激務の後、やはり心安らぐ時が必要だと思うのよ。勝手なお願いだけど、おせきさんにお世話をお願いできればこれほど嬉しいことはありません」と一気に話し終えた。

「……」

なみは言葉に詰まった。そして自分の頬が強張るのがわかった。

「そ、それは大奥様、め、め、めか……」

峰子はピシャと言葉を遮り、

「もちろん本人同士の気持ちが一番大切なことはわかっています。私はいくらでも待ちます。一度よく考えて頂けないかしら」

江戸時代はともかく、少なくとも西洋風の考えがほんのちょっぴり入ってきた明治時代は庶民の本音でいうと、妾という存在は卑しい者として、また好奇心の対象として世間から見られていた。なみはいくらお世話になっている大奥様とはいえ腹が煮えくり返った。

……もしかしたら大奥様はおせきのことを「うまずめ」と知って安心なさってああいうことをおっしゃったのだろうか……自分たち母娘によくしてくださる大奥様の別の顔を見たような思いであった。温かくて氷のような大奥さまを。

その夜、なみが大奥様の話をおせきにどう伝えたかはわからない。

おせきはちゃぶ台の前で長い間うつむいていた。なみは「言うんじゃなかった」と後悔しだしたその時、おせきは意表を突く返事をした。

「お母さん、わたしその話受けます。きんちゃんも大きくなって物入りだし、お母さんだっていつまで元気でいられるかわからないでしょう。わたしはね、女だけどお父さんとお母さんの子として児玉の家を守りたいのよ。森の御長男の林太郎さまも今は独身だから、わたしが奉公しても二号ではないし妾というのも少しおかしいでしょう。妾ってのは豪商や政治家が、奥様以外の女を金の力で支配する印象があるわ。林太郎さまは深く知らないけど、決して無体はされないと思うの。だって『舞姫』という小説を書くような人だもの」

「その『舞姫』という小説を森様の御長男がお書きになったことと、その話とどう関係があるんだい？」

「お母さん『舞姫』って読んだことある？」

「ないよ」

「その小説はね、出世のために女を捨てるようなひどい男が主人公なんだけど、ひどいことをしたという後悔で苦しみぬく男の気持ちを描いている小説だと思うの。だからそんな小説を書かれた林太郎さまが、女を単なる玩具として扱う人とはどうしても思えないの」

「そうかなあ……」


長い長い沈黙が続いた。


冷めてしまった湯呑の茶を一口飲みながら、なみは娘の淡々とした表情が意外に感じた。自分は断腸の思いで恐る恐る娘に打ち明けたのだが、娘はサバサバしている。娘の落ち着いた表情を読み取ったなみは、かえって困惑しだした。

「これで家計が楽になるかも」というもう一つの自分の卑しい影の声に、母親としてたまらなく自己嫌悪を感じた。

しかしおせきは母親が知らぬ間に、本物の強い意志を持った女性に成長していた。

十代で男のズルさを経験してから、男と女の甘い幻想はもはや捨てている。

……森様の長男の妾になったとしても、自分さえ見失わなければ大丈夫、先のことはなるようになるだろう……開き直りの気持ちがムクムクともたげている。

# 第二章　観潮楼

## 一

おせきは引っ越しの翌朝早く観潮楼に出向いた。団子坂上から続く大観音通りに面している裏木戸はすでに開かれており、中で馬丁のじいさんが忙しく掃き掃除をしている。門の左手が馬小屋になっているらしく、動物の匂いがした。右手の方は低い植え込みが離れの平屋まで続いており、その向こうには花畑があって多くの庭木が隣家との境界沿いに植えられていた。

……なんと広いお屋敷なんだろう、それに緑が多いこと……

じいさんはすべて聞いているらしく、母屋に隣接する二階建ての建物に連れて行ってくれた。

ここは一階が使用人の休憩室と台所、二階が女中部屋になっている。

おせきが緊張して待っていると、女中頭の畠山おえいさんがふすまを開けて入ってきた。

「まあ、まあ、おせきさん、そんなに緊張しなくても……」

新入りの緊張をほぐすように、しかし的確にこまごまとした仕事の説明をし出した。

「ここは大所帯なのよ。下男、玄関番、馬丁、書生たちの賄いや、多くの客人の接待、ちょっとした繕い物は女中たちが総出でやります。でも心配しないで。おせきさんはおせきさんにしかできない大切な仕事があります」と、意味深な微笑みを浮かべた。

おえいさんはもともと産婆であるが、森家のために献身的に尽くした人であり峰子から絶大な信頼を得ている。

闊達なおえいさんはよくしゃべる。

「おせきさんは色が白いわねえ。とても着こなしが素敵だし、きっと気に入られると思いますよ。それに北千住の時からお母さんと森家に出入りしてくれていたんですもの、鬼に金棒よ」

なにが鬼に金棒か、おせきはわからなかったが、おえいさんはそれとなく自分を観察しているようだ。

「この家でわからないことがあれば、まず私に相談して。あ、そうそう、裁縫仕事と一般の家事仕事の割り振りは少しずつ決めていきます。他の女中たちは女中部屋に住んでいるのに、あなただけが通いだと知ってみんな不思議に思うかも知れないけれど、気にしない気にしない。そのうちみんなわかるわよ。フフフ……みんなあなたと年頃が同じような若い子ばかりよ。仲良くやってね」

おえいさんが時々含み笑いをするので不安になってきたが、自分で決心してこの家に入ってきたのだ。しっかりしなければ、と自分で自分に言い聞かせた。

このおえいさんに新参のおせきは非常に可愛がられた。

裁縫の腕が並外れていることにおえいさんは驚いていたが、それよりも控えめな気立てが気に入られたのであろう。

使用人の世話ではなく、鷗外の家族の賄いや、こまごまとしたことを、おえいさんはおせきにいきなり任せるようになった。

ある日、おせきは誰もいない所へこの女中頭に呼ばれた。

「おせき、峰子さまのことを何と呼んでいる?」

「大奥様ですが……」

「それもいいがこれからは御隠居様と呼んでください。静男さまも同じです。北千住からこちらへ来られて、家督を嫡男の林太郎さまに譲られたんですからね。それから林太郎さまのことは『旦那様』と呼ぶんですよ」

「はい」

「それから御隠居様は言葉に出されませんが、あなたのことを本当に目をかけてくださっています。『妾奉公』のお手当は十分なことをされますので心配には及びません」

おせきは自分から決心したことではあるけれども、他人に「妾奉公」という言葉を使われて、いよいよ自分の生活が変わるのかと改めて思った。追い打ちをかけるように、

「そのうち旦那様があなたの家に行かれます。旦那様はとても忙しいのよ。ご勤務以外にも外でいろいろ活動なさっているし、いつとはわからないわ。でもおせきは旦那様好みだから何も心配しないで……おせきはおせきのままで良いのですよ」

言うだけのことを言って、おえいはそそくさと立ち去った。

彼女は峰子に「言いにくいこと」を代弁してくれと頼まれていたのであろう。

二

もう六月になってしまった。しとしとと降る梅雨時《つゆどき》に気が滅入る日がつづく。

お仕事を終えて家に帰ったおせきは、今度お休みを頂いた日に北千住へ帰るので、娘のきんちゃんのために仕立てていた赤いちゃんちゃんこの仕上げに余念がなかった。

遠くでカエルがゲコゲコ鳴いている。北千住と違って千駄木は静かで夜は淋しいぐらいだ。

観潮楼に奉公しだしてもう数カ月たったが、まだ生活のリズムをつかみ切れていない。

今の所、住み込みの女中さんたちと仲良く同じように働いているけれど、これから私の生活はどう

変わっていくのだろう、と思うと一抹の不安に駆られる。

裁縫仕事も一区切りついたので風呂でも入れようかと思ったその時、突然、ドンドンと格子戸を叩く音がした。

そして「今晩は」と低い押し殺すような男の声が聞こえた。

まだ宵のうちである。まさか泥棒ではないだろうと思いつつ、おせきは閂《かんぬき》をとって格子戸をあけた。

番傘をさした男が立っている。

おせきは目が点になった。

着流しに羽織の鷗外が、居心地悪そうに突っ立っている。

北千住で森家に出入りしていた時に、何度か顔を見たことがあるがはっきり覚えていない。

慌てて中へ招き入れたが、どう声を出したか覚えていない。

中肉中背、髪の毛は左から分け大きなおでこが理知的だ。当時の男の常で立派な口髭を生やしているが威圧的ではない。何かはにかんでいる表情が目元に現れている。

はにかんではいるが、いわゆる愛想笑いはない。ムッツリしているのだ。

笑顔のない男の人を家の中に入れるのだ。緊張しない方が無理というものだろう。

おせきは鷗外をあたふたと茶の間に連れて行き、とりあえず座布団の上に座ってもらった。

雨でぬれている男の着物を乾いた布ではたいてあげるとか、羽織を脱がしてあげるとか、すっかり頭から抜けている。

お茶を出したらよいのか、お酒なのか、食事なのかわからない。なにしろ突然やって来たのだ。

……しまった、おえいさんは近々と言っていたが、普段からどんな準備がいるのか、聞いておけばよかった……と悔やんだがもう遅い。

頭に血が上ったおせきの顔から汗が吹き出した。心臓は早馬のように駆けている。

……どうしよう！　どうしよう！　なにも準備をしていない。すべてわたしが悪いんだわ、とりあえず旦那様がお怒りにならないよう謝るしかない……

座布団に座っている鷗外の前にひざまずき、三つ指を突きおでこを畳にすりつけた。

「旦那様、わたしは妾一年生です。なにもわかりません。旦那様をお迎えする準備を何もしておりません。これから勉強します。どうかお許しください」

思わずかすれた大声になってしまった。

今度は鷗外の方が声の大きさに腰を抜かした。

こんな必死に絞り出すような女の声を聞いたのは生まれて初めてだ。

おせきはまだ顔を上げずに土下座したままピクリともしない。

とまどった鷗外はおせきの肩に手をやり体を起こしてやった。

「ぼくも旦那一年生だ。第一、妾なんか持ったことがないし、どう扱えばよいのかわからないのだ。と、とにかくよろしく頼むな」と、ペコリと頭を下げた。

二人はこわばった表情でお互いを見つめ合った。やがて馬鹿馬鹿しくなって鷗外は笑いを嚙み殺すのに苦労したが、おせきはきょとんとしている。

本当におせきは何も用意していない。せっぱつまった挙句、彼女は台所の水瓶から水を汲み茶碗二つに入れ、自分と鷗外の前にドンと置いた。

……おい、おい、これは別れの時の水杯というものだ……

年の割に落ち着いた雰囲気なのに、やることなすことが滑稽でたまらない。

緊張のあまり上気した頰に浮かんだうっすらとした汗の湿りが、きめ細かい肌を一層きめ細かくしている。

とにかく喉が渇いていた鷗外は一気に飲み干した。

「ああ、美味い」

この瞬間、鷗外は「この女をほっておけない」と直感した。

鷗外は不思議なデジャビュ（déjàvu 既視感）にとらわれた。

……この気持ち、どこかで経験したことがある。そうだ、初めて女の家に行って、異様に胸がときめいた記憶だ。

なにもわかっていない未熟な女、でも磨けば光りそうな怜悧な感じ。少し天然ボケでずっこけさせられるところ。しかし黙っていれば物憂げなしぐさの、ほっそりした色白の美形。

そうだ、俺がドイツ留学中、ベルリンで初めて女の家に行った時の感覚だ……

恋人エリーゼの思い出がよみがえった。もちろん女といっても人種が違う。豊かなブロンドとみどりの黒髪、洋装と和服、そしてなにより生活が違う。以前と違って自分の置かれた立場が違う。しかし似ているのだ。

鷗外は初めての自作小説『舞姫』のフレーズを思い出した。

「彼は（彼女は）優れて美なり。乳のごとき色の顔は灯火に映じて微紅を潮したり。手足のか細くたをやかなるは、貧家の女に似ず……」

おせきは鷗外の好みであったに違いない。

三

観潮楼の書斎で鷗外は葉巻を燻《くゆ》らせながらボーっと自分の蔵書を眺めている。

机の上には文芸誌『しがらみ草紙』に載せるアンデルセン『即興詩人』の翻訳原稿が、書きさしのまま載っている。速筆の彼にしては中々はかどらない。

……しかし、昨日のおせきという女、変わった奴だったな。落ち着いた、楚々とした顔をしているくせに、天然ボケのようなところがある……と思わず笑いが込み上げた。

自分の息子の女遊びを防ぐため、過保護の母親が妾をあてがおうとする考えに鷗外は反撥した。

確かに母峰子は津和野時代から、女手一つで森家を盛り返そうとしてきた。その意味でまさに女傑である。しかし、だからといって息子を取り巻くさまざまの女性たちを自分の一存で左右してよいものではない。もうこりごりだ、という気がある。

結婚はもう二度としたくない。

がんじがらめに自由を制約されて、なに一つ良いところがなかった。

俺にはもうエリーゼの思い出だけで十分だという気持ちで一杯である。

観潮楼は夜に活気が一段と増す。鷗外は軍医の勤務が終わったあと、観潮楼にいろんな作家や歌人を呼び込むのでここは一種の文芸サロンといってもよい。

夜の予定が空いた時、彼は天然ボケの女をからかいに行くのも面白いかと思った。


ある晩、人目を避けてふらりとおせきの家に寄ってみた。

今度はこの前のようなことはない。危なげなく茶の間に誘導された。


……フフ、こいつはだいぶ練習したと見える……

おせきは、食事にするか、入浴するかを聞いてきたが、まだぎこちない。

食事はまだだと伝えると、台所でなにやらゴトゴト音をさせ、酒と肴を出してきた。

かなり前から準備していたに違いない。肴といっても手の込んだものではない。

隠元豆を煮込んだものと卵焼きだ。かなり甘い味付けだ。酒をあまり飲まない甘党の鷗外に、それでも熱燗一合だけつけている。


「旦那様、あとでお茶漬けになさいますか」

「うん」

おせきは小さな膳を運んできた。熱々の煎茶が入った急須。ご飯六分目の大茶碗。そして四等分した餡たっぷりの薄皮饅頭。


……さては、おえいさんか母親に聞いてきたな……

いじらしくなってきた。


鷗外は饅頭をご飯の上にのせ、渋茶をジャッとかけておいしそうにズズーッとかき込んだ。

鷗外の大好物は、この饅頭茶漬けだが、家族は誰一人食べない。

傍らで硬くなって給仕していたおせきに声をかけた。

「おせきも一杯どうだ」

宴会慣れしている鷗外は案外勧め上手だ。勧められるまま少しずつ飲んでいたが、肌が白いだけにほんのりと赤く染まった目尻のあたりが艶めかしい。鷗外はおせきが元人妻だった頃もこんなだったかと、ふとよからぬ事を思った。

緊張が少し解けたおせきは、思いもよらないことを聞いた。

「旦那様、ドイツの女の人は家庭ではどんな料理をつくるのですか」

「そりゃ日本と同じで、ありふれたもので簡単に済ませるのさ。黒パンとスープに総菜としてはソーセージという腸詰、ジャガイモ、せいぜいフリカデルという肉団子が御馳走というところだな」

おせきはもっと豪華なものと想像していたのか、意外に思った。

それよりも笑顔のない厳めしい顔をした旦那様が、何も知らない自分に丁寧に教えてくれることが意外だった。相手は自分など庶民から見れば雲の上の人だ。陸軍二等軍医正（少佐）にして文壇に高名を馳せている大作家である。くれぐれも粗相のないように母親やおえいさんから釘を刺されている。でも旦那様は知識のない者が正直に教えを乞うと親切に教えて下さる。

……案外いい人かもしれない。本当は優しい人かもしれない……と安堵した。

「ドイツでは女の人も、親の前や男の人の前で自由に意見が言えるのですか」

……おせきは奇妙なことを言う……と鷗外は思った。

「おせき、お前は女には珍しくドイツに興味があるんだね、どうして?」

「実は、旦那様のお書きになった小説を三つとも読みました。『文づかひ』というなかに、イイダ姫という方が出て来るでしょう。親の決めた嫌な縁談をつぶすために、色んな手段を使うという行動力に驚きました」

「そうだよ、西洋の女性は自立しているのだよ。日本は文明開化といってもまだまだ。維新からまだ三十年も経っていない。日本の女性が自立していくのはこれからだ」

「女の人の自立とはどういうことですか?」


改めて自立の意味を問われた鷗外は説明に困った。

……自分で考える、主体性を持つ、自己責任で行動する、経済力を持つ、などであるがこの女に説明してもわかるまい……それでもできるだけ安易な言葉を選んで説明してやった。

おせきは小首をかしげて聞いている。


「あの本のように、イイダ姫のような方と旦那様は舞踏会でお会いになったのですか」

「うん、まあな」

「旦那様はイイダ姫の自立しているところに魅かれたのですか、それともお顔ですか?」

……こいつは鋭いところを突いてくる。この子は思っていたより頭がいいぞ……

鷗外は自分の小説を三つも読んでいてくれたことが嬉しかった。

おせきは目を輝かして遠い西洋のことを聞きたがる。知的好奇心がよほど強いのだろう。次から次へと質問を浴びせる。

「でもわたしは『舞姫』だけはよくわかりませんわ。文章は漢文調ですし難しい漢字が多いから」

とおせきはいたずらっぽく笑った。

……へんなことを言う奴だ。『うたかたの記』や『文づかひ』も同じ漢文調で書いているのに、なんで『舞姫』だけがわからないと言うんだ……と思ったがどうしても心に引っかかる。

「おせき、『舞姫』だけがわからないというのはどうしてだ？　同じような文体だし三つともドイツ留学中の記憶をもとに書いているんだぞ」

おせきは少しためらうように答えた。

「ごめんなさい。何もわからないわたしが言うのは恥ずかしいんだけれど……『うたかたの記』と『文づかひ』は、外国の何か美しい景色を見ていて、本当に吸い込まれそうになるようなうっとりする感じです。なんだかとても綺麗。でも『舞姫』だけは違います。舞台は外国でも、日本人である太田という主人公の内面が舞台になっているような気がします」

「というと？……これは心境小説だというのか」

「心境小説という難しい言葉はわたしにはわかりません。でも決断力と勇気のない主人公に、著者の旦那様が何らかの思いを託しているのはよくわかります。読んでいてスッキリする小説かといえばそうではありません。本当に生意気なことを言ってごめんなさい」

「……」

鷗外はこの小娘に図星を突かれた気になった。

彼は話題を変えようと思った。

前から気になっていたことだが、「旦那様、旦那様」と呼ばれることがうっとうしかった。

「おせき、一つ提案がある。旦那様はやめてくれないか。じじい臭くて困る」

おせきは一呼吸置いて口を開いた。

「では、林《りん》さまではどうでしょう。ご隠居様も林、林と呼んでおられますので……でも観潮楼ではダメでございます。けじめが大事でございます」

「それじゃあ、まるでお前と俺だけが聞こえる魔法の呼び鈴《りん》を持っているようなもんだな」と鷗外は軽口をたたいたが、満更でもなかった。

## 四

朝おせきはまず峰子の部屋へあいさつに行く。

「御隠居様、お早うございます」

「お早う、おせきさん。突然だけど急いでほしいのは馬丁の爺やの半纏《はんてん》なの。昨日、お仕事中に鉤裂《かぎざ》きをつくってしまって。背中の森の字のところだから目立つし、捨てようかと思ったけどあいにく予備がないものだから」

「お安い御用です。ちょっとお借りします」

おせきは半纏を受け取ると適当な糸を選び、あっという間に目立たないように繕ってしまった。いつもながら見事な腕前である。

掃除や台所仕事をする時には、キリリとたすきをして白金巾《しろかなきん》の前掛けをしめ、手ぬぐいを頭にかぶる。ご隠居さまや鷗外の着物は、宿題としての仕事だ。おえいさんが反物を家に持ってくる。峰子がおせきの家の様子を知りたいためであろう。

おせきは日に日に森家の人々に馴染んできた。

おせきの顔にも自信がみなぎってきた。毎日の仕事が楽しくて仕方がない。しかも峰子さまより十分すぎるほどのお給金を頂き、実家の暮らし向きもよくなってきた。しかし本当はお給金の多さより鷗外との時間が楽しくてたまらないのだ。

長い間異性への関心を封印してきたおせきだが、りんさまによって少しずつ封印の薄皮を剝がされてきたようだ。長い長い冬の間、凍結していた川の氷が春の訪れとともに少しずつ解けて、やがて流れに変わっていくようにおせきの心に微妙な変化が芽生えてきた。


鷗外の方も母親のお仕着せで無理やり妾を持たされることに抵抗していたが、おせきの性格がわかるにつれ抵抗感は薄らいできた。


なにより気さくで肩が凝らない。

なにごとにも控えめで決して自我を主張しない。

頭の回転が良いのか、自分（鷗外）の考えていることもすぐ理解してくれる。

しかしおせきがスッと気難しい鷗外の心に入ってきたのは、やっぱり彼女の持つ容貌と雰囲気が鷗外の好みと一致したことが大きい。

いっぽう峰子からすれば、
一、絶対に結婚を迫らない女
二、絶対に妊娠しない女
三、絶対に性病がない女
の三つの条件を満たしたおせきである。条件さえ守ってくれればこれほど有難い、いや見方によっては素直な可愛い女はない。

男にとっても便利な女だ。

しかし人間、永遠の、という言葉はない。性欲を発散させる対象としてもしだいに飽きがくるのだ。聡明な峰子はこのことをわかっていた。いずれ潮時がくる、その時こそ我が息子が、こんどこそ才色兼備の門閥出身の嫁をもらえばよいのだと。

息子こそ命というゾッとするぐらいの冷徹な峰子の計算を知る者は一人としていない。


忙しい鷗外であるが、夜、手が空いた時におせきと会うのが楽しみである。

あまり教育を受けてきた女とも思えないが、おせきは知識欲が旺盛で、つねづね世の中の疑問など鷗外を質問攻めにする。まるで寺子屋の先生と生徒のようである。

もちろん難しいことはわからないが、文学や俳句、和歌などの方面にも手を伸ばし、作品の味わい方など聞いてくる。丁寧に教えてやり、新しいことがわかるとおせきの目が輝く。

「りんさま、わたしも一句つくろうかしら」などと言って、下手くそな俳句をつくる。

鷗外は可愛くて仕方がない。

……そういえばベルリンで書くことが苦手なエリーゼに、間違いだらけのドイツ語を直してやったなあ……と、ほろ甘い思い出がよみがえった。

……エリーゼは東プロイセンのシュチェチンという片田舎の出身で、初めて知り合った時も田舎訛りが強く何を言っているやらわからなかった。ベルリンに一家が引っ越しした先も下町のベルリン訛りの強い所だから、正しい綺麗な言葉に直すのが大変だった。

貧しくて十分な教育を受けられなかったのであろう。

母国語の文法もスペルも間違いだらけだ。間違いを繰り返し教えてやったが、いやな顔一つせず喰いついてきたなあ。外国人の俺の方がドイツ語をよく知っていることに不思議な顔をしていたなあ……

やはり俺は一生懸命努力する健気な女が好きなのかもしれない……

「おせき、俳句なり短歌なりつくると短冊に書いた方が趣がでてくるよ。今から書く練習をしよう」

「わたし、字は下手なんです」

自信がないとためらうおせきをちゃぶ台の前に座らせ、無理やり細筆を持たせた。

正座しているおせきの後ろから鷗外は蔽いかぶさるように身をかがめ、筆を持ったおせきの白い右手に自分の右手を重ねた。

「こうしてトンと力をいれて、スーッと伸ばしてここで筆先を跳ねる。つぎは……」

丸髷の鬢付け油が甘く匂う。

白いうなじは片手で握れるくらい細い。後れ毛が数本その上で遊んでいる。

着こなしのせいか、襟首が大きく後ろにはだけていて、そのうなじは背のやわらかなカーブにもぐっていく。
二、三行の字を一緒に半紙に書いたところで我慢できなくなった。
鷗外は男に変身した。

左手がすばやく走った。その手はおせきの左頬をとらえ、こっちを向かせた。不意をつかれて怯んだおせきの唇に一気に唇を重ねる。

「うっ……」

おせきは本能的に慌てて口を閉じ、逃れようと激しく首を左右に振る。

ちゃぶ台は斜めに滑り細筆と半紙は吹き飛んだ。硯の墨がこぼれる。

男は逃すまいと必死で左手に力を込める。

しかしその刹那、おせきは自分の立場が脳裏に浮かんだのか、急に抵抗をやめ口を開いた。

二人には長い長い時間が経ったように感じられた。

男は今、全身でこの華奢な獲物を捕らえた。獲物は抵抗せず、すっぽりと狩人の腕の中に納まっている。いやむしろいつか来る日を覚悟していたのが安堵に変わったのかもしれない。狩人が次の行動に移ろうとした時、獲物のか細いささやきが漏れた。

「このままでは嫌。お願いですから、ランプの明かりを消してください」

行燈代わりのランプ台は、ちゃぶ台の左斜めで明るく輝いていた。

狭い空間は一瞬、闇に包まれる。

目を慣らすと裏庭に差し込む星明かりが障子越しに茶の間に入ってくる。ようやくおせきの顔の輪郭がわかる程度だ。

大きくはだけた襟元に手を入れてみた。

柔らかい。大きくもなく小さくもない。掌のなかに納まるようで納まらない。乳首は小振りのようだが固くなっている。薄明かりなので顔の表情はっきりわからないが、軽く眉をしかめてイヤイヤをしているようだ。男は無理やり帯の下の裾をまくり手をねじ込もうとした時、

「待って、自分で脱ぎます」

きっぱりとした声が聞こえた。


「向こうを向いててください」

女はサッと立ち上がり背を向けた。男は約束通り見ぬふりをしていたが、帯を解く時のキュッキュという衣擦れの音にいやが上にもそそられた。

女は覚悟を決めると早いというか、いつかこうなることはとっくの昔に決めていたようだ。

男は気付かれないように、チラッチラッと盗み見していたが、暗闇で色がないのが悔しい。

やがて女は襦袢を脱ぎ何本もの腰ひもを解き、最後の腰巻を落として全裸になった。そして驚くべきことに脱ぎ捨てた着物はおろか下着まで丁寧にたたみだしたのだ。戦闘意欲満々の男は少し気勢を削がれた。……なんと理性的な女なんだろう……予想していたように、ほっそりとした躰が闇に白く浮き上がる。きっちり腰はくびれている。男は我慢しきれず女の手をつかもうとしたが、女はスルリと身をかわし、全裸のまま押し入れから布団を引きずり下ろし、畳の上に手早く床をつくった。準備をきっちりしないと気が済まない性格なのか。呆気にとられた。

こんどこそ、とばかりに男は飛びかかり二人は接吻しながら同時に蒲団へ倒れ込んだ。男は蒲団のなかで、指と舌で女の躰を再確認する。骨格は華奢すぎて頼りないが肌は柔らかくすべすべして気持ちがいい。左手を腰に入れぐっと抱き寄せる。やがて押し殺したかすかな悲鳴が断続的に聞こえてきて息遣いが荒くなる。

……ああ、今この愛おしい女のすべてが俺のものになった……

男がますます男らしくなってきた。男は汗だくになるほどの愛撫のあと、やっと体を重ねた。女は眉間にしわを寄せ、小さく反応する。

やっと男の一分が立った。行為の後、女は男の胸に包まれぐったりしている。しかし男は気持ちが急に萎えていくのに気が付いた。まだ三十歳の男盛りである。なぜだ。やがて男は鷗外に戻った。分析的な科学者・鷗外に戻った。

男は射精の後には急に冷静になるのは本能だ。しかし今回はどうも違うようだ。まさかこの女のために自分一人が一生懸命、一人相撲していたのではあるまいな。

……俺は性欲に駆られて女を求めたが、女はどうしてああ落ち着いているんだろう。最初はためらいがあったが、俺を受け入れるのが役割だと腹をくくると毅然とする。恋愛という舞台では本当は女の方が強いのではないか……

女の潔さというものは、わからないことだらけだと鷗外は思った。

# 第三章　駆け引き

## 一

忙しい鷗外は週二、三回、夜にひっそりとおせきを訪れるだけである。

それでもおせきは旦那様のお仕事に気を配りながら、懸命に尽くそうと努力している。

とにかく超人的な仕事をこなしている旦那様に、ひと時でも心安らぐ空間をお作りするのが自分の使命だと信じている。

鷗外の別れた奥様のことは気にならないと言えば嘘になるが、言葉には出さない。

鷗外の方も何も言わないが、先妻との間にできた男の子は別である。

夜、鷗外はおせきにポツリと於菟《おと》と名付けた長男のことを漏らすことがある。

やはり父親である。思い出すたびに苦渋に満ちた表情を浮かべる。この子は今、乳母に預けられている。

於菟《おと》がよちよち歩きができるようになった頃、峰子は「おせき、今日は天気がいいから、乳母の家に行って於菟を遊びに連れ出してくれないかい」と頼んだ。

おせきは於菟が養育されている本郷の平野煙草店に行った。

「こんにちは、平野様のお宅でしょうか。千駄木の森家に勤めている児玉と申します」

店の奥から小柄なおばあさんが出てきた。

ニコニコと笑顔が素敵な「ばあや」である。

「あなたがおせきさん？　峰子さんからよく聞いていますよ。森さんの所でとっても頑張っているんですって？」

「いえいえ、そんな大したことはございません」

「とにかくあのお家は忙しくって峰子さんもくたくたになるほどだから、おせきさん、よろしくお願いしますよ」

御隠居様のことを「峰子さん」と心安くばあやが言うものだから、おせきはこの方は森家とよほど親密な間柄かしら、と思った。

「はい、ところで今日お伺いしたのは、実は御隠居様から、於菟おぼっちゃまをたまには外へ遊びに連れ出してやってくれ、との仰せで参りました」

「ああ、そのお話はちょっと前、峰子さんから聞いていましたよ。何か、楽しいことをしてやりたいものだって」

「ああ、そうだったんですか」

「おぼっちゃまがうちに来られてもう何年になりますか。お可哀そうに本当の母親の味をお知りにならないので……うちの乳母もそれこそ大切にしていますが物心がつかれると、どうお感じになっていかれるか」

「……」


おしゃべり好きのばあやは於菟の身の上を聞きもしないのに話し出した。

おせきはこの平野家はよほどご隠居様の信頼が厚いのだろうな、とますます実感した。

奥から乳母が幼児を抱っこして出てきた。

おせきは於菟ぼっちゃまの好き嫌いや、癖などを乳母から聞いたが、とくにわがままや疳の虫が走るということがないそうで安心した。

おせきは乳母に「おぼっちゃまを一日お借りします」と言って、上野、浅草などの繁華街の、いかにも幼児が喜びそうなところへ連れだし、お菓子、おもちゃなど惜しみなく買い与えた。おせき自身、小さな女の子を育ててきたので幼児の好きなものはよくわかる。

それから峰子の命令で何度も於菟を、母親の代わりに外に連れ出すようになった。

道行く人は若くて美しい母親がむずがる幼児をあやしたり、抱っこしたり、微笑ましく見えたに違いない。おせきは於菟を抱っこしたり遊んだりしているうちに、自分は子供をもう産めない体なのに、ふと娘のきんちゃんの弟ができたような錯覚に陥った。

やがて乳離れした於菟が観潮楼に帰る日が来た。

しかし幼児は正直である。

於菟が観潮楼で暮らし始めた時、家族といっても誰も知らない中、真っ先におせきになついたのも当然である。

おせきは得意になっている。

……この家で、於菟ぼっちゃまのことを一番よく知っているのは、わたしよ……

おせきの母なみは、森家に遠慮して娘を独居させ、孫のきんちゃんと千住に住んでいる。時間を盗んでおせきは時々実家に帰るが、なみが孫を淋しがらせないように上手に養育してくれるのが本当に有難い。何といってもきんちゃんはまだ十歳である。

おせきは時々、鷗外にねだって外へ連れ歩いてもらったことがある。

芝居や寄席や、夢のような話であるが温泉にも行ってみたい。多くの恋人たちがしているように。

あれは七月のこと、むしむしする夜だった。明日は軍医学校はお休みである。

縁側でゴロッとしているりんさまを、団扇でやさしく扇ぎながらおせきは声をかけた。

「ねえ、りんさま、七月七日は何の日かご存知？」

「ウーン……そりゃ七夕だろうよ」ムニャムニャと気のない返事が返る。

「七夕ですけど入谷で朝顔市が立つのよ、ねえー」

おせきはウキウキした顔で薄目を明けた鷗外の顔をのぞき込む。

入谷の朝顔市は江戸時代に、近所の植木屋たちが朝顔を巧みに交配させて新種をつくり美しさを競ったのが始まりである。多くの屋台で美しい朝顔を展示販売する華やかな祭りで、花好きのおせきにはたまらない。

実は下町育ちのおせきは少女の頃から何回も市に来ている。

だから朝顔市そのものより、りんさまと一緒に出かけることが大判小判より値打ちがあるのだ。

粘りに粘った挙句、おせきはとうとう一緒に朝顔市に行く約束を取り付けてしまった。

その晩、天にも昇る気持ちで着ていくものを準備した。

りんさまには銀ねずみ色（白に近い灰色）の越後絣織《かすりおり》の上布。

自分には江戸紫の呂の着物。袖と裾の模様は水辺を飛び交う蛍たち。

夏のお出かけ用として何カ月も前から腕によりをかけて仕立てたものだ。

朝顔市など庶民は浴衣がけで出かけるが、浴衣は寝間着と同じなので森家には相応しくないとわかっている。

翌朝りんさまがやって来た。

おせきはりんさまをいそいそと着替えさせ、麻の黒扱《しご》き帯を片わな結びできりりと締めた。

自分の装い帯は白地に駒呂《こまろ》に夏草花の型染め。これに象牙のあじさいの帯留めをあわせた。

……これで良し、二人とも涼しそうで我ながら満点だわ……

とうとうりんさまを連れ出したおせきは、彼の後を一歩遅れて楚々とついていく。

昔から町人たちは男も女も屈託なくワイワイと横並びに歩くものだが、おせきはわかっている。

りんさまは武家育ちであることを。

彼の背中をまぢかに見ながら、武家の奥方もこのような歩き方をするのかと思ってクスっと笑いがこみ上げた。

……誰か知った人に会わないかしら。

行きかう人は私たちのことを連れあいと思っているのかしら……

おせきはなんとなく心が浮き浮きしてきた。鼻歌が自然に出てくるのを我慢した。

朝顔市のとんでもない人混みの中、二人で露店を冷やかして歩く。最初は腰が引けていた鷗外もだんだん楽しくなってくる。

……庶民の楽しみとはこんなに気持ちが晴れ晴れするものか。ここではうっとうしい上司もいない。

小難しい議論もいらない……

お昼ごろ、汗だくになった二人はやっと人混みを抜け出した。

暑い、暑い、暑い、暑い、暑い。

モクモクと立ち上がる暴力的な入道雲が、水色の夏の空を追いやっている。

「おせきよ、腹が減ったなあ、どこかに寄って帰ろうか」

「ええ……」

帰りは根岸の「笹の雪」（豆腐料理屋）に寄った。

座敷に通され仲居は井戸でよく冷やしたお茶を持って来てくれた。二人は一気に飲み干した。

サッと汗が引くようだ。


「おせき、来てよかったなあ」と鷗外はニッコリとおせきを見た。

しかしおせきは妙に硬くなってしまい、奥さんが亭主と来たようには見えなかった。

なにかおずおずしている。

仲居は仕事柄すぐピンときた。

……粋にみせているがこの人は芸者でもない。そうすればどういう社会的位置の人か……

もちろん仲居は口には出さない。気のまわしすぎかも知れないが、鷗外は仲居の視線が気になって仕方がなかった。そして逆に仲居の視線を意識した自分自身を改めて認識した。

ふと母親の顔が浮かんだ。

……林や、「やはり野におけ、蓮華草《れんげ》」ということわざを知っていますよね。

春うららの日、野原一面に咲いているレンゲの花は遠くから見ても本当に可憐で美しい。

でも、いくら心が魅かれても摘んで帰って床の間に飾ると、たちまち「なあーんだ」となるよね。

聡明なお前だったらわかっているはず。

床の間に飾る値打ちがある花と、野原に置いておいた方がよい花と二つあるのですよ。

森家の嫡男の嫁は、漢字と同じように女の横に家がついている花でなくてはならないの……

聞きなれた声が脳裏に響く。


……いつもこうだ。俺はいつも母親と一心同体になってしまう……

一瞬反撥のか細い火花が散ったが線香花火のようにすぐ消えた。

おせきは料理の残りを折に詰めるよう店に頼んだ。母親の土産にするという。

小さなことだが鷗外は、母親思いは自分と同じだと苦笑した。


おせきの一番好きな匂いは葉巻の甘い香りである。

最初の頃、嫌でたまらなかったが、そのうちりんさまの体臭と一緒になってしまって今では一番自然な香りのように感じる。

忙しいりんさまは週一、二回しか来てくれないけれど、玄関の戸が開いた瞬間、その香りがおせきの心を揺さぶる。

軽い食事の後、りんさまは縁側でボーッと長い葉巻をくゆらして裏庭を見ている。

今日も陸軍省で面白くないことがあったのかしら。

おせきは無心になったりんさまの横顔に見とれる。

知的で無限の包容力を秘めたいぶし銀。渋い渋いりんさまは最高に素敵だ……

朝顔市に連れて行ってもらってから、おせきはますます鷗外に甘えられるようになった。


……りんさまは無口だけど、私をかごの鳥にしてはいけないと思ってくれている。色々と難しい立場だけど本当は優しい人なんだ。この頃は私の小さな悩みも聞いてくれる。

私の行きたいとこ、したいこと、ほしいものはわかっていてくれる。じっと聞いてくれる。

でもりんさまはわからないだろうけど、私が本当に欲しいものはりんさま自身よ……

二

明治二十七年五月、南朝鮮に東学党の乱と呼ばれる大規模な農民の反乱がおこった。

利害が対立する日本と清国は内乱に引きずり込まれ、やがて干戈を交えることになる。

近代日本初めての対外戦争、日清戦争である。

七月二十五日、朝鮮北西部の豊島沖で我が海軍は清国軍艦と輸送船を攻撃し、八月一日、宣戦布告し戦端が開かれた。

軍医である鷗外は当然文筆活動を一時中断、出征することになる。

かわいい盛りの於菟はまだ鷗外になついてくれない。

……俺の離婚で、赤ちゃんの時から双親知らずで育っているからなあ……

不憫に思えて仕方がなかった。戦争でまた於菟の顔を見ることができなくなる。帰ってからなついてくれるだろうか。悩みは尽きない。

鷗外は宣戦が布告されてからおよそ一カ月後の八月三十一日、東京を発った。

東京を発つ数日前、観潮楼で多くの文人仲間が集まり盛大に出征祝いが開かれた。

大宴会もやがてお開きになり家族も寝静まった頃、無性におせきに会いたくなった。

もう丑三つ時（午前二時）に近い。

鷗外は家人に気付かれないよう、抜き足差し足で裏門の木戸を開けた。馬小屋の横の部屋で馬丁のじいさんが寝ている。

通りに出て横丁を目指して小走りで駆けた。傾きかけた三日月のおかげで提灯はいらない。

あちこちで夏の虫が鳴いている。おせきの家の戸を軽く五回、強弱をつけて叩いた。

訪問する時の二人の決め事である。

……まるで夜這いのようだな……自分が滑稽に思えてきた。

格子戸の奥から薄ぼんやりとした明かりが近づいてきて静かに戸が開けられた。

「まあ、りんさま、どうされたのですか」

今までこんな遅い訪れは一度もなかった。

驚いた瞳と、紅を落としているが形の良い唇が理由を尋ねる。

たまらなくなった鷗外はおせきを立ったまま抱きしめた。相変わらず柔らかくて頼りない。力を込めると、自分の腕が胸が、ずんずんおせきの躰の芯まで沈み込んでいくようだ。


「おせき、今晩だけは朝までいるよ」

「まあ、いつもは勉強なさると言って、二、三時間しかいらっしゃらないのに」

と、いたずらっぽい目でにらんだ。

何時間経っただろうか。鷗外は蒲団の中で目を覚ました。体は気だるいが頭はいやに冴えている。隣には、いつの間にか素肌に薄物をまとったおせきが躰を丸めて寝ている。

「おせき」と声をかけると、すぐ目を覚ました。

「朝早くからごめんね。戦争がはじまったことは知っているだろう。実はあさって俺は出征する。もうしばらく会えないと思う。そこで、今まで色々思っていたことを聞いて欲しいんだ」

「……?」

「お前もうちに来てもうわかっていると思うが、この森家を仕切っているのは俺の母親だ。つぶれかけた家を女手一人で守ってきたんだ。それだけに俺の次に家督を継ぐ長男の於菟には、異常なほどの深い執着を持っているんだ。それはわかるよね」

「はい」

鷗外は自分のエゴで於菟を母なし子にした自分を責めるが、かといって祖母峰子が母親代りになることを危惧している。峰子の、家を守るという強烈なエゴが、時々人間の情よりも優先するからである。

おせきはじっと聞いている。

「俺はな、於菟の母親とは本当にうまくいかなかった。けれど離婚したのは子供のことを無視した俺のエゴだ。今になって身につまされているんだよ。そのうち於菟は母なし子にした俺を恨むようになるんだろうか」

「……」

「あいつももう四歳だ。でもまだ懐いてくれない」

「りんさまはお忙しいからぼっちゃまの一断面しか見ていないからではありませんか」

「そうだろうか」

「わたしとお庭で遊んでいる時、この頃、パッパ、パッパはね……とかパッパはお馬に乗って、とか色々お話しされますよ。お座敷でわたしとお昼寝する時に、パッパのおヒゲの話とか、パッパがタバコを吸うのは汽車の煙突と同じだねとか、前と違ってパッパが好きで好きでたまらないようです」

「本当か」

「本当です」

鷗外はなんともいえない嬉しい笑顔を浮かべた。

「おせき、俺は於菟が、母というものが峰ばあさんというようなものと勘違いするのが怖いんだよ。森家は特殊なんだよ」

話すうちに、遠い遠い昔の思い出がよみがえってきた。

……八歳で俺は藩校養老館に入学したが、漢字ばかりの『四書』『五経』『左伝』などの教科書を難なく読みこなせた。父からはオランダ語と英語を習ったがすぐ原書を読めるようになった。同じ藩校の子供たちが勉強に苦労しているのが理解できなかった。

時間をもてあました俺は、退屈しのぎに祖母の百人一首や、祖父の浄瑠璃本などを読みだしたが、結構面白く感じた。いろんなことを見ただけですぐ覚えられ、時間が経ってもその知識を再生できるので、藩内では神童と噂された。

子供のくせに大人の文芸本を読んで楽しむなんて周りは驚いたろうが、俺は何も恰好をつけているのじゃなく、本当に面白いから読んでいたのだ。

ところが母は俺が神童ともてはやされたものだから舞い上がってしまい、勉強が好きだから自由に勉強させたんじゃなく、家のために勉強させたのだ。

版籍奉還で没落士族になった家を盛り返すため、俺の勉強以外の道を知らず知らずのうちに断ち切ってしまっていたんだなあ……とても自然に、気付かれないように。

だからすべて俺の人生は母の怜悧な計算の上に成り立っている。

どんな友達の家に遊びに行った時でも、うちに比べよそのお母さんたちはなんだか違う。

少し行動や考え方がゆっくりで、なんでもかんでも許してくれそうだった。よその家は時間がゆっくりと流れている感じだ。

うちの母も優しいし怒られたことは一度もなかった。けれどなんだか鋭利な刃物のような気がしていた……

「ねえ、りんさま、何をお考えになっているの？　於菟ぼっちゃまはね、乳母のとこから帰ってこられてずっとご隠居様と一緒ですもの。おばあ様が大好きになられるのは当たり前ですわ」

「うん、それはわかっている。しかしな、口では説明できない微妙な状況にあるんだよ。うちの家はな」

「……」

「俺はなにもおせきに母親代わりになってくれとそんなに重いことを言っているんじゃないよ。ただ母性というものは計算づくの、功利的なものと対極であるべきだろう。なんというか、もっと、ほんわかしたものでよいと俺は考えているのさ

「……」

「なに、そんな難しいことではない。今まで以上に於菟とよく遊んでやってくれということさ。おせき、頼むよ、本当に頼むな」

鷗外は両手でおせきの手を強く握りしめた。

……わたしの母性というものがりんさまの最愛の息子に、自然に浸透していくのをりんさまは期待して下さっているのかしら……

おせきは、鷗外がこれほど自分を深く信頼してくれているのかと目頭が熱くなった。

……自分は単なる妾ではない……と確信した。

夜が明けきるまえに鷗外は帰っていった。

三

鷗外の船は九月二日広島宇品港を抜錨、四日釜山着。

十月一日、大山巌司令官の第二軍兵站軍医部長を拝命した。（兵站とは後方のロジスティックセンターであり第一線の戦闘部隊ではない）

十月二十四日第二軍は遼東半島に上陸、金州を経て激しい戦闘の後旅順を攻略した。

しかしこの頃からぽつぽつ旅順占領部隊に脚気患者が出だした。

鷗外の上官は土岐頼徳第二軍軍医部長。

直接の上司の石黒忠悳医務局長とは幕府医学所以来の同期である。

土岐は陸軍の中での麦派であり、かつて東京の近衛連隊で麦を混ぜた兵食試験をやり、脚気を激減させた経験がある。

……秋に脚気が出るなら、衛生環境が悪くなる夏にはもっと脚気の大発生が危惧される。今のうちに手を打たねば、敵と一戦を交える前に戦力は消耗してしまう……

ところが部下の森兵站軍医部長は危機意識がない。脚気は食事の問題ではなく衛生環境か、何らかの感染症の問題と考えているからである。彼は兵隊の防疫対策を今以上に厳密にしさえすれば乗り切れると考えていた。

焦った土岐は明治二十八年一月八日と二月八日の二回、兵站衛生責任者の森を軍司令部に呼び出した。

「森君、この前の話し合いで脚気予防の方針について、俺が兵食を米麦混合にしようと言ったが君は明確に反対したね。この前は時間がなく十分論議できなかったが、じゃあ君はどんな方策を持っているのかい？」

「やはり感染者を一線から下げ、隔離、休養、保温、栄養、清潔の五点しかありません。内地でやっているいわゆる転地療法しかありません。栄養に関しては以前私が発表したように米食を中心とするもので十分と考えます」

「バカな、それでは当たり前すぎて何もなっていないじゃないか。俺は近衛連隊で兵隊に麦飯を食わして脚気にかかっている者を治した経験があるんだ。俺以外にもほかの連隊でも同じ試験でいい結果が出ているし、第一海軍では麦飯に変えて脚気がないというじゃないか。森君、第二軍でも麦を試してみようじゃないか」

ところが軍医部長はあっさりとこの年下の部下に一蹴される。

「閣下の兵食試験はまずコントロール群（米食だけの群）との対比ができていなく不完全です。つぎに麦飯が脚気に効くという学理を実験で証明されておりません。科学とはまず演繹的な考え（仮説をまず立て、その証明に全力を尽くすこと）で基礎実験から進めるべきです。今は戦時でそんな悠長なことはできません。しかし、だからといって麦飯が脚気に効くという学理もないのに兵食変更をやるべきではありません。閣下の御経験だけで判断すべきものではないと存じますが」

土岐はこの時五十二歳、森は三十三歳。

相手が上官であろうと、自分の科学的矜持に基づいて一歩も退かない鷗外らしさであるが、土岐にはどう映ったであろうか。

「大学出で、ドイツ留学を鼻にかけるこの若造が！　医務局長の石黒にべったりの腰ぎんちゃくめが！」

やがてこの確執が台湾で爆発することになる。

## 四

日清戦争中、筆まめな鷗外は父母、兄弟に戦地便りの書簡を頻繁に送っている。父静男や母峰子が第二軍の活躍をみんなに説いて聞かせる。

そのたびに家人や奉公人は鷗外の活躍に思いをはせ、武運長久を祈った。

しかし脚気の蔓延や上官との意見の対立など、軍内の問題点などは当然記されていない。機密を守るということもあるがやはり軍人なのである。

九月十七日に生じた鴨緑江沖の黄海海戦で、機動力に勝る我が艦隊は清国の北洋艦隊を打ち破った。残敵は威海衛軍港に逃げ込んでしまった。我が艦隊は徹底的に封鎖していたが、やがて北洋艦隊の中で叛乱の気配が生じた。

連合艦隊司令長官伊東祐亨は敵将丁汝昌に、誠意あふれる親書を送った。

「ここはひとまず降伏して日本に亡命し、祖国のために再起をはかるべし」

しかし丁は「報国の大義は滅すべからず、余はただ一死をもって臣職を尽くすのみ」と伊東の好意を謝し、全将兵の助命を条件に降伏、自らは服毒自殺してしまった。

この日本武士道を想起させる言動に全日本軍将兵は感動した。

丁の死から十日後、鷗外は丁の邸宅に慰霊に訪れた。梅の木が美しく咲いていた。敵の英雄の死を惜しみ、もののあわれを感じた彼は和歌三首を即興で詠んだ。

軒近く　さくやかたみの梅の花　あるじのしらぬ　春に逢ひつつ
むかしうゑし　其人あはれ　今年さく　この花あはれ　あはれ世の中

咲出し　うめの花杜　まどふらめ　たちかはりたる　人は誰ぞやと

梅も主（丁）のいない春の淋しさを感じているのか、と梅を擬人化している。どこに居ても瞬時に詩心が湧いてくるこの天才は、これを妹喜美子に送ったが彼女の返歌が届いた。

身をすてて　幾千の人救ひけん　こころは流石《さすが》　あはれなりけり
植えしあるじに　捨てられし　のきはの梅もかぐはしき
君が手向けの　言の葉に　あえてやかくは　綻《ほころび》にけん

おそらく母峰子や他の兄弟と歌のやり取りしても同じような返歌がくるだろう。打てば響くような文学的共鳴は森家独特のＤＮＡともいえる。

おせきへも幾度か書簡がきたが、もちろんこのような文学的な高尚なものではない。後方部隊での日常とか、満洲らしい景色や現地の住人の生活など当たり障りのないものである。でも彼女は嬉しくてたまらない。観潮楼では賢明な彼女は手紙のことをおくびにも出さない。鷗外がいないのに、おせきの表情はますます明るい。

出征しているとはいっても、彼は第一線の戦闘部隊でないのだから、まず戦死はないだろう。書簡では、兵站軍医部長の仕事は後方で野戦病院の仕事が主だと書いてあったので、元気で帰ってきてくれるに違いない。

おせきは女中仕事のベテランになったとはいえ、ますます慎重になり今まで以上に峰子になんでもお伺いを立てるようになった。

於菟ぼっちゃまのお絵描き遊びに、文字を加え、ぼっちゃまがまねをして一人で字を書けるようになると大げさに喜んだ。峰子がこれを知って喜ばないはずがない。

広い敷地をぼっちゃまが探検に行く時には、危ないからといって必ず同行した。

この頃には他の女中は、おせきは別格扱いだと悟っているが、中には御隠居様へのゴマすりが過ぎると取った者もいた。

おせきはひそかに思う。


……たしかにわたしは、森家に買われた妾にすぎない。でも彼には今、妻がいない。

妻がいない以上、わたしは二号ではないし、普通、妾というのは男が本妻以外に持つ女だ。

だからわたしは、りんさまの何なのかしら……


彼女は鷗外の母にも非常に可愛がられているし、りんさまの愛も確かめている。心の底で、なにかの拍子《ひょうし》で……と思っていたのかも知れない。

# 五

清国より早く近代化に成功していた日本軍は、旧態依然の清国軍を打ち破り戦争に勝利した。明治二十八年に講和条約が結ばれ、日本は遼東半島、台湾、澎湖島を割譲されることになった。初めての海外領土である。

鷗外は引き続き台湾接収軍に回され、台湾総督府軍医部長という重責を担うことになった。実は台湾にはすでに現地軍の要望により麦が送られていたが、石黒に忠実な鷗外は兵食変更に断固反対しこれを棚ざらしにしてしまった。

やがて台湾でも爆発的に脚気が大流行する。

焦った石黒はマスコミが嗅ぎつける前に台湾衛生行政を刷新するというジェスチャーのため、明治二十八年九月二日、因果を含めて鷗外を形式上更迭した。結局日本に帰ってきたのは十月になっていた。

鷗外は戦功により、功四級に叙され、金鵄勲章と単光旭日章を拝受し年金五百円を授与、さらに陸軍軍医学校長となり、ついで従五位に叙せられた。まさにキラ星のような栄誉をあっという間に手に入れた。

戦争中、陸軍軍医部の最高権力者・石黒忠悳医務局長の意のままに動いた褒章人事である。

森家の人々は喜びに包まれた。

ところがである。

鷗外の次の次の台湾軍医部長に前の上官の土岐頼徳第二軍軍医部長が就任する。

彼は台湾の惨状を見て啞然とした。

「森は何をしていたのだ！　やはり石黒と組んで麦を配布しなかったのか！」

怒り心頭、中央を無視し独断で麦食に切り替えた。

あとで命令違反のかどで石黒に予備役にされてしまったが、おかげで脚気の発生は徐々に減ってきた。

この厳粛な成果は石黒といえど隠しようがなく、徐々に世間に広がっていく。

やがて鷗外の、軍医としての大きな過失が露呈してくるのであるが、皆、この時には知る由もない。

ただ、おせきはあまりにも出世街道を邁進する鷗外が、どこか遠いところに行ってしまうのではないかと漠然とした不安に駆られた。

しかしこの頃がおせきにとって、一番しあわせな日々であった。

日陰の身であっても観潮楼では半ば公認の存在だ。

ご隠居様もすっかりおせきを信頼して、法事の打ち合わせに来た坊様の接待を務めさせている。

出入りの商人とのこまごまとした応対もおせきがやっている。

鷗外も文人仲間におせきを隠そうとしない。

幸田露伴や尾崎紅葉などはおせきと軽口をたたけるぐらいだ。

ある日、おせきは久しぶりに平野煙草店の「ばあや」に会いに行った。

日暮里で江戸時代からやっている老舗の名物団子をどっさり手土産にして。「ばあや」はこの団子に目がない。

「こんにちは、お久しぶりです」

ばあやがそそくさと奥から出てきた。


「まあ、おせきさん、お久しぶり。どう元気にやってる？　於菟ぼっちゃまも大きくなったでしょうね。可愛い盛りでしょう」

「有難うございます。いたずら盛りだから、怪我しないかとハラハラしてますのよ」

「そりゃそうでしょうねェ」

「そうそう、この前こんなことがありましたのよ。お庭の敷石の上をアリが行進していて……興味を持たれたぼっちゃまは一匹ずつ、摘まみ上げて爪でブチッと潰し続けるんです」

「まあっ！」

「それからというものアリの大虐殺になっちゃいました。それだけならまだいいんですが、私に『おせき、面白いからお前もつぶせ』とおっしゃるものですから断るのに苦労しました」

ばあやはニコニコ笑いながら於菟のいたずらに興味津々。

「おせきさん、それはね、幼児特有の嗜虐《しぎゃく》趣味というものなのよ。これからもまだまだびっくりするようなことが出てくるわよ」

「まあ、どうしましょ。あっ、それから最近字を覚えられて。やはりお父様の血をひいていらっしゃるからすごく覚えが早いのよ。ご隠居様の一番のお宝だから、単なる子守りをすればよいというわけにはいかないわ。本当に気をつかうけど日に日に大きくなられるのを見るのは楽しいわ」

ばあやも自分の家の孫のようなものである。

「そう、本当に安心したわ。おせきさん、ぼっちゃまをよろしくお願いね。それから平野のことを忘れないように伝えてね。時々は連れてきてね」

「有難うございます。ご隠居様によろしく伝えておきます」


二人の話は尽きなかった。時間があっという間に経ち、おせきが店を後にしたのはもう日が傾いてきた頃だった。おせきはこれからも忙しい合間を縫って、ばあやの歓心を買わなければと思った。

……もう少しだ、わたしがわたしから脱皮できるのは……


しかしおせきの幸せな日は長くは続かなかった。

鷗外は軍医学校校長兼近衛師団軍医部長になっていたのだがいきなり転勤が伝えられた。

近衛師団といえば一つしかない天皇直属のエリート師団だ。そこから突然九州小倉の新設第十二師団軍医部長へ転勤させられるのであるから左遷以外のなにものでもない。

理由はわからない。

考えられる原因で一番有力なのは、日清戦争中と台湾平定戦中の脚気犠牲者の責任を、後になって押し付けられたことだ。

戦争中、海軍はわずか三十四人の入院患者だけで済んだが、陸軍脚気患者総数は三万七千三百二十八人で脚気死者は三千八百十一人、死亡率は一〇・二一％。

鷗外が総督府軍医部長をやっていた台湾だけに限局すると、入院患者は二万千八十七人で戦争中の五五・五％、死者は二千百四人で戦争中の五五・二％にあたる。つまり戦争中の脚気患者の数、死亡者とも半数強は台湾で発生しており、森台湾総督府軍医部長に責任があることは逃れられない。

経験論的に「麦を食えば脚気にならぬ」という事実を信じた海軍が正しかった。

しかし頑固な石黒忠悳・陸軍省医務局長と鷗外は、根拠がないとして麦飯導入に聞く耳を持たなかったのだ。（脚気を防ぐビタミンBは、麦には多いが白米には皆無であるのがわかったのはもっと後である）

それみたことかと、海軍軍医部と陸軍の麦飯派は鷗外一派を攻撃する。

さらに運の悪いことに、鷗外の上司、石黒忠悳医務局長は、火の粉がかかる前にさっさと勇退してしまった。明治三十年九月のことである。

さあこうなると残った鷗外に詰め腹を切らせるしかない、となったのである。やけくそになった鷗外は、陸軍に辞表を出そうとしたが、親友、賀古鶴戸に必死に止められた。

大御所石黒を追い詰めたのは、新しく陸軍大臣に就任した麦派の高島鞆之助中将である。言いだしたら一歩も退かない剛毅な薩摩隼人だ。

彼が台湾副総督の頃台湾駐屯軍に麦飯を支給しようとした矢先、部下の鷗外と中央の石黒に潰されたことを恨み骨髄に思っている。だから石黒の後任には定年間際の人をつなぎに据え、次いで石黒の息のかからない本格的な医務局長の抜擢に着手していたのである。

さあ、誰にするか。

鷗外の同期は出世競争で淘汰され陸軍では数人しか残っていない。

いっぽう東大時代からの親友小池正直とは、お互いに進級するにつれ微妙な関係になってきた。ある日、小池は重大な相談にやってきた。今の暫定的な医務局長の後任を自分に譲ってくれとの懇願である。その代わり自分の後には君を推すからとの交換条件だ。

小池より自分の方が能力は上だと自負する鷗外には受け入れがたい相談であった。

さらに恩人とも仰ぐ石黒が小池を推薦していたとわかって鷗外はショックを受ける。

おそらく石黒は「鷗外の天分は自分の出世に利用すべきもの」であって、何かにつけて官僚組織の馴れ合いを容認できない彼の純粋性に辟易《へきえき》していたのであろう。

もっとも鷗外の方も「俺のような独立心旺盛で非凡な男は疎外されるかも」との不安があったが、目の前で結果を示されるのは堪えがたい苦痛であった。人間不信に陥った。

# 五

小倉左遷が確定して、このところ鷗外は毎日のようにおせきの所へ通うようになった。夜、小さな茶の間でおせきの手料理を食べた後、ゴロッと横になる。

酒を口にしても美味くなく、ましてほろ酔い気分にもなれない。が、それでも酒量は増えている。

ある夜、おせきの家で酔っぱらってしまった。天井を見つめていると、新しく医務局長になった小池の顔が浮かぶ。

……同期のくせになぜ俺を左遷したんだ！　お前に人事権があるからといって、よりによって親友の俺を飛ばすなんて薄情な奴だ。

俺がお前に医務局長の座を譲ってやったことを忘れたのか！

……石黒も石黒だ、あれだけ抗っていた麦派の陸軍大臣に尻尾を振り、俺の代わりに小池を推薦するなんて。陸軍の兵食は米一本でやろうと決定したのはあんたではないのか！……俺はあんたのためにどれだけ奮闘してきたか、覚えているのか！……

天井が揺らめいてきた。視野から見えているものがフェードアウトする。

「小池のバカヤロー！　クソッ！　俺は負けんぞー、クソッ、クソッ！」

ニッコリ笑った小池の顔が薄くなり遠ざかる。今度は石黒が出てきた。陸軍大臣室のようだ。

シャンデリアが天井でグルグル回り出し声を出してハハハハハと笑った。不思議だ。俺はもうこの奇妙な部屋に一生閉じ込められるのか……

「待てーッ、逃げるなーッ！　二人ともーッ」一瞬、気管が詰まってむせ込んだ。

「ゴホッ、ゴホッ、ゴホッ！」

「りんさま！　りんさま！　りんさま！　大丈夫ですか！」

おせきの声で鷗外は我に戻った。胸がどきどきしている。汗びっしょりだ。いつの間にか掛けられていた薄布団も足で蹴り上げていたが、彼女は鷗外の手を両手でしっかりと握っている。

「ああ、よかった。突然大声で怒鳴っているんですもの……心臓が苦しいのかと驚きました。とりあえずお水を飲まれては？」

勧められるままに一口飲むと部屋の中の様子が分かってきた。

どうやら悪夢を見ていたようだ。

ランプの明かりがぎりぎりまで暗くしてあり、そのそばで、おせきは針仕事をしながら鷗外が寝入っているのを見守っていたようだ。

おせきは押し詰まった雰囲気を変えようとランプを明るくし、縫いかけの着物を手にした。

「ねえねえ、りんさま、ちょっとこれを見てくださいな、もうすぐ夏でしょう。今新しい夏の着物を仕立てているの。二人で入谷の朝顔市に行ったことを思い出して、薄い青色の麻の地に和紋は朝顔の変形したものにしようと思っているの。五つ朝顔紋というのよ。男の人は花模様はいやかしら」

と、こまごまと着物の説明をしだした。まだ出来上がっていないのに鷗外の肩に合わせてみてニコニコしている。楽しくて楽しくて仕方がないようだ。


「つくづくお前は花が好きだな……」

「ええ、大好きよ。わたしは根っから単純なの。りんさまのお役所の難しい問題はわからないけど、りんさまだってお花を見ているときっと気が晴れると思うわ」

「……うん」

やっと鷗外に声が戻った。

彼は不思議な気がした。

ついさっきまで自分は左遷を思い出し憤激していた。

今、何ということもないおせきの趣味の着物造りを見せられただけである。

でも、今の気分はなんだか肩の力が抜けたように軽くなっている。おせきのペラペラしゃべる声が耳に入ってきただけで、心がほぐれてくるような気がする。

……この女は俺の寝ている間に、当たり前のことをして、目覚めてから当たり前のことをしゃべっただけなのに……

「おせき、耳掃除をしてくれないか」

唐突な要求におせきは驚いた。

言うや否や彼は、再びゴロッと横になりおせきを膝枕にした。かかとで畳を押して頭を収まり心地がよい彼女の股の間に持ってゆく。

彼女はランプの明かりを最大にしてみたが明るさはしれている。

「りんさま、暗いとこで耳掃除は怖いので、お日様の出ている時にしましょ」

「いやだ、入り口だけでいいから今やってくれ。今でないとだめだ」

「でも……」

「でも、へったくれもない、このまま俺はいるぞ」

「困った人ね」

耳かき棒をほんの少し外耳道に入れ耳垢を形ばかり取る。ガリガリガリと小さな音がする。

気持ちよさそうに鷗外は目をつぶる。膝枕の時間なんてほんの刹那だ。でも今の鷗外には経験したことがないほどの長い長い永遠の時間に思われた。

「おせき」
「はい？」
「いや、なんでもない」

「おせき」
「一体何ですか？」
「いや、いいんだ」
「変な人……」

瞼の裏が熱くなった鷗外は、潤んだ目を気づかれないように慌てて固く瞼を閉じた。

小倉左遷の話が出る前は、鷗外は親から「たまにはおせきの所に遊びにいってやれ」と言われるぐらいにおせきに淡泊だったらしい。

森家の女中頭、畠山おえいさんの記憶が正確だとすれば、以前は宵の口に人目を避けるように家に入り、泊まらずに二、三時間で帰ってきたらしい。

理由は鷗外しかわからない。

どうも冷徹な鷗外は、性欲は教育や周囲の環境で形成される部分が大きく、何も性欲が人生のすべてであるとは考えなかったらしい。また性欲は理性で飼いならすことができるとも言っている。（このことは後年、小説『ヰタ・セクスアリス』に詳しい）

まさに医学者の視点である。

つまり男の射精の瞬間の快楽は一瞬で、その後の虚無感の強さは人それぞれであろうが、彼はその虚無感をもとに雑念を捨て、文筆稼業に没頭した方が合理的と考えたのか。われわれはおせきの気持ちはどんなだったか、考えてしまう。

確かにおせきは、表向きは裁縫仕事もできるきっちりした女中という触れ込みであるが、実際は鷗外の夜伽《よとぎ》相手として契約を結んだ女だ。

おせき自身も、最初、夜伽とは、こんなものかと自分に言い聞かせていた。

しかし男が欲望を果たせばさっさと冷静になり、執筆のために帰ってしまうその姿を見るたびに、仕方のないことであるが、おせきの心には徐々にやるせなさが募っていった。

心も躰も、自分だけが離れ小島に置いてけぼりにされ、いくら叫んでも男の乗った船は沖へ遠ざかる。おせきからすれば鷗外への恋心が、時間と共に我欲と化すのはやむを得ないことであろう。

……離れずにもっといて欲しい。この時間がずっと続いて欲しい……と。

……私にとってりんさまは何なんだろう。りんさまにとって私はどんな存在なのだろう。

りんさまに大切にされ、可愛がられている私は、りんさまに感情をぶつけてはいけない人形なのか。

人形が心を持ったとしたらその人形の最後はどうなるのだろう。

世の中には私以外にも家庭の事情でお金が必要な女性は多くいる。遊女といわれる人は悲しい過去もあると思うけれど、男に心を持たないからこそ割り切ってやっていけるのではないか……

おせきは、ようやく手に入れたと信じたい鷗外の愛に悶え、自分の存在の矛盾に苦しむようになっている。

自分の存在の矛盾。
自分自身も整理できない感情の矛盾。
精神の愛と肉体の歓びが、お金に換算されるという矛盾。

でも忍耐強いおせきはグッと自分を殺している。

# 第四章　変身

## 一

おせきに人事の愚痴をこぼしても始まらないことはわかっている。

しかし、とにかく彼女の顔を見ないと落ち着かない。

どこにもぶつけようがない焦燥感と孤独感。

おせきが受け止めてくれるのが有難かった。


いつものように家に行くと、観潮楼のおせきとは別のおせきが玄関へ迎えに出る。

あたかも「夜遅く帰宅する勤め人」を待つ妻のような落ち着いた振る舞いだ。

男が妾宅に行くと普通は着替えてひと風呂浴びてリラックス。それからおもむろに酒となるものだが、鷗外は絶対に風呂に入らない。ドイツ留学中細菌学の実験で、風呂の水にも細菌がいることを発見したからだ。それ以降汲《く》みたてのたらい水で一日二回、自分の体を丁寧に清拭し事足れりとしている。

細菌恐怖症の鷗外は果物まで加熱しなければ食べられなくなっているので、ブドウや桃にも熱湯をかける。お相伴させられる周囲はさぞかし困ったことだろう。おせきも彼の衛生学的強迫観念を十分理解しているのでもはや驚かない。

鷗外は自分は風呂に入らないくせに湯上がりの女を見るのが大好きだ。風呂を使ったおせきが、薄紅色の肌襦袢をまとって鏡台の前に座る。

肩を広い布で覆い、湿った髪を念入りにすいて上の方にまとめる。

細いうなじは赤みがさして、鏡に半分映っている顔も生き生きしている。最初の頃は鏡台を使っている姿を絶対見せなかったが、今では女のたしなみの所作を見せるのも平気になっている。

髪に手をやった瞬間、肘から広く開いた袖の奥に白い二の腕が見える。

やや細めであるが可憐にふっくらしたその肉付きに得も言われぬ美しさがある。

女の躰は隠された一部が露出される方が良いとふと思った。

鷗外はなにも考えずにボーッと畳の上に横になって、女が身づくろいしていくのを夢見心地で眺めている。ほんとうに心安らぐ空間である。かすかに匂ってくるシャボンの香りが心地よい。

平凡な、どこにでもあるような家庭、肩ひじ張らずに過ごせる庶民の幸せ……

鷗外にとっては、御殿のように豪壮な観潮楼では絶対に得られないひと時であった。

……いつでも、好きな時に好きなように甘やかしてくれる。便利だ。このまま、おせきをずっと、永遠に自分の小脇に抱えておきたい……

しかし鷗外は最近、おせきの小さな変化が気になりだした。変化というほどのものではない。おせきの表情に時々、薄雲がよぎるような気がするのだ。

たとえて言うと晴れた日にポカポカの日差しを背に受けて、自分が歩む前方の路上には、くっきりと自分の影ができる。薄雲で日差しが遮られると、一瞬、影は微かになり、またすぐ元に戻る。このような微妙な表情の変化だ。

鷗外は、おせきの表情の一瞬一瞬の変化を気にしているわけではない。ただ、以前のおせきと何か違うのだ。

……おせきは心の底の底で何を考えているんだろう……と、ふと思ってしまうこともある。

言葉では言い表せないおせきの変化。別に喧嘩しているわけでもない。よそよそしいわけでもない。この生活がマンネリになっているわけでもない。

それどころか、おせきは磨かれてますます女ぶりを上げている。

……垢ぬけたいい女になったもんだ、と内心自慢したくなる衝動に駆られるぐらいだ。

自分がこの女を磨き上げてきたのだという圧倒的な自信……

でも何かが違う、前のおせきと何かが違うという漠然とした違和感に今、鷗外は囚われている。

小倉への出発が決まった前の夜、薄暗いランプの揺らめく茶の間に蒲団を敷いて、二人は天井を見ながらとりとめもない話をしていた。

「おせき、今度の赴任はいつ帰ってこれるかわからない。母と坊主（於菟）をよろしくな」

「……」

「俺はお前を離したくない。これからもずっとずっと側にいてくれ。お前がいると落ち着くんだよ」

「……」

「泣いているのか？」

「……」

返事がないので鷗外は四つん這いになってにじり寄り、天井を向いたままのおせきの顔を覗き込んだ。

肩に手をやったが、身じろぎもせず天井の一点を凝視している。

長い睫毛にも、眸にも、頬にも、雫の跡はない。

大きく見開いた黒目がちの目にランプの明かりが一瞬映った。

天井を凝視したままの双眸が不気味であった。

明治三十二年（一八九九）六月、鷗外は東京を発った。この時三十七歳。主が居なくなった広い家は、花が活けられていない水盤である。

水盤が置かれた床の間の空間はしまりがなく虚しい。観潮楼に出入りする客人もめっきり減り、使用人たちもなんとなく緊張感がない。こんな中で峰子の焦燥感はつのる一方である。

夫、静男は茶の湯や盆栽に明け暮れる悠々自適の老後をおくっていたが、三年前に亡くなった。二男の篤次郎は結婚して独立、長女喜美子は早くから結婚して家にいない。三男潤三郎はまだ二十歳、相談相手にもならない。峰子は高齢の母清を抱え、孫の行く末を案じる。

……林の左遷はやがて解けるはずだ。林の今後のためにも新しい嫁が必要だ。於菟のためにも新しい母親が要る。今から嫁探しをしても早すぎることはない……

二

峰子には、おせきを大切な息子の配偶者にするという考えは微塵もない。

素直で可愛く林好みだが、身分が違いすぎて、最初からそれ以前の問題なのだ。

峰子は極秘で縁談を求めて奔走するようになったが、家人の前ではおくびにも出さない。

しかしさすがに毎日おせきと顔を合わせるたびに、峰子はおせきが不憫に思えてたまらなくなってきた。

最初は軽い気持ちで夜伽の相手として息子にあてがったものの、おせきの性格を知れば知るほどその一途な愛らしさは、まさに林にピッタリではないか、林は何も言わないが母の勘として息子は徐々におせきを愛するようになってきたのでは、と思えてきた。

峰子の心は乱れる。

……私はかつて林が本当に愛したエリーゼに可哀想なことをして林を狂わしてしまった。私は林の結婚相手に口を挟む資格はないのでは……

すかさずもう一人の峰子が答える。

……何を言うのです。森家が栄えるかどうかの運命を握る嫡男の結婚ですよ。出世する林にふさわしい家柄の令嬢でなくては絶対だめだとあなたもわかっているでしょう。

来る時が来たら、心を鬼にしておせきに引導を渡しなさい。最初から妾の契約で観潮楼に入れたのでしょう。おせきの実家のためにも十分なお金を持たせてやればいいのです……

勘の鋭いおせきは、御隠居様がいつの日か、新しい奥様を見つけてこられるような気がする。

確証があるわけではない。なんとなく御隠居様の発する空気からそう思えてしまう。

おせきの方も何一つ変わらない態度で淡々と家事をしているが、夜、帰宅してから一人で考え込むことが多くなった。

……りんさまが居なくなって一年、日清戦争の戦地より今の小倉の方が遠いような気がする。私はもともと離婚されて淋しいりんさまをお慰めする役割の人形だったはず。でも今の私は人形が心を持ってしまったようなもの……


人形はなぜ心を持ってしまったのだろう……

ひょっとして優しいりんさまが独り者だから胸がザワザワしてきたのではないかしら。

相手が独り者ということで、私は二号ではないと自分に言い聞かせてきたのではないかしら。

でもそれは本当に純粋な愛と言えるものなのか。

逆にりんさまが妻帯者であったとしても、私には心が変わらない自信があるのだろうか？


……私が「りんさまへの愛」で苦しんでいるのであれば、私を悩ますのはその「愛」そのものではなく、その「愛」についての私の判断ではないかしら。

だって「愛」そのものには、善悪や貴賤や美醜や立場の違いはないはずだもの。

私とりんさまとの運命は変えることができないけれど、運命に対する私の内の判断は自由に変えることができると思う。そうすることによって私は救われるのではないかしら。


……人形は人形らしく、心を捨て去るか、人形をやめて心を持った人間になるか、どちらか一つしかない……

おせきが鷗外の左遷中、愛の苦しみに悶えに悶えた結論はもう少し後で明らかになる。

三

明治三十二年、鷗外が小倉の第十二師団軍医部長として赴任すると、峰子は淋しさからか、「早く再婚してくれ」と矢のような催促の手紙を寄越すようになった。

そうこうするうちに峰子は縁談を見つけてきた。

相手はもと大審院判事の荒木博臣の長女志げである。まだ二十三歳の若さである。

荒木博臣は旧名、山口権六、もと佐賀鍋島藩士、森家との釣り合いは同格で申し分ない。

藩校弘道館の英才で、藩命により江戸の昌平坂学問所に入り、有名な佐藤一斎に儒学を学んだ。自らも国事に奔走し、桜田門外の変の犯人と友人であったため、しばらく身を潜め、やがて帰藩し、荒木林右衛門の養子になり博臣と名乗った。なかなかの熱血漢であり剛毅の人である。

単純な峰子は、結婚すれば息子の岳父になるであろう人の経歴が気に入った。

前の嫁の実家は爵位を持ち格が高すぎたが、今回は藩医の家でこそないが、森家と同じ田舎士族の出である。

……あとは、容貌だけの話だよ。なにしろ林の面食いは度が過ぎるからなあ……

峰子は仲人を通じ、その娘に会わせてもらった。

……丈はすらりとして髪は豊か。うりざね顔のつくりは凛々しく品が良い。笑顔がないため愛嬌に乏しいが緊張しているからだろう。衣装といい、態度といい、端然として一部の隙もない。整った顔立ちに薄化粧なのが品よく見える。しかし少し色が浅黒いのが気になる程度である。まるで女優さんだ。この子なら林はきっと気に入るだろう……

外見だけにこだわる峰子は、荒木志げを一目見た時から、林の嫁にはこの人しかないと確信し、仲人に縁談を進めるように頼んだ。昔の結婚は仲人任せで、結婚式当日に当人同士が顔を合わせることも、ままあった。峰子もこの娘を逃すまいと、よほど焦っていたのだろう。

先方の父親から「本人同士が会わないのなら娘はやらん」と筋論を通され、見合いの日が決まってしまった。

峰子は息子に大きな負い目がある。

……今度こそ文句ない恋女房を娶らせて、盤石の家庭を持ってもらいたい……

しかし息子の気難しさを一番よく知っているのも母である。失敗は許されない。

さて、どう見合い話を伝えたものか。

# 四

小倉師団が軍医部長官舎として用意してくれた家で、毎晩鷗外は煩悶していた。立て続けに母から手紙が何通も届くからである。

まず、鷗外にピッタリの見合い相手が見つかったと述べ、つぎに「世の中にはこのような美しき人もあるものか」と一刻も早く見合いに帰るようせっつく。

次いでおせきが木内氏と結婚したとの便り。

勘の鋭い鷗外はすぐ母の策略を嗅ぎ取った。息子が愛妾と心残りなく別れられるよう仕組んだ細工を見抜いた。木内氏とはおせきの別れた夫の栄助のことであり、娘きんが生まれてすぐ家を出ている。もしそうならおせきは栄助と復縁したことになる。

そして峰子は最後の手紙で、おせきとは円満に話がついたので心配しなくてもよい、と知らせてきた。

当時の小倉は人口わずか二万人少しの田舎町で、市制が敷かれたのは赴任の十カ月後、明治三十三年四月一日である。小倉時代の鷗外は「隠流《かくしながし》」という号を自嘲気味に使っているように、一刻も早く花の東京に返り咲きたかった。田舎暮らしにうんざりしている。

……俺は今左遷の身だが、いずれ中央に戻り軍医総監になって東大以来の同期、小池正直のあとの陸軍医務局長にならねば収まりがつかない。いや絶対になってやる。医務局長にさえなれば最高の出世だ。もしそうなれば狂喜する母の顔が目に浮かぶようだ。

俺の出世のために母がしかるべき結婚をせかしていることはよくわかっている。

なにしろ軍では、明治十四年施行の「陸軍武官結婚条例」によって、少将以上の将官は、勅許（天皇の許可）が、下士官以上でも陸軍大臣の許可が必要だ。相手の女性がしかるべき出身であることの証明書も必要だ。だから母はまた、最初の結婚の時のように、女を家柄で決めるのだろう。

しかし俺にとっては、今おせきは一番心がやすらぐ存在だ。年ごとに愛おしい気持ちがだんだん強くなる。でも結婚はできない。


……おせきよ、お前をどうしてやればよいのだ……


俺の家とおせきとの割り切った契約だったとしても、結局おせきとはかつてのエリーゼと同じような別れになってしまうのか。煩悶は日ごとに強くなる。

昼間は師団で軍務に没頭しておればよいが、夜、官舎での一人の長い時間はこたえる。

おせきの笑った顔、すねた顔、すました顔、恥ずかしがる顔、甘えた顔……が浮かんでは消える。

……おせきと別れるのは嫌だ、でも仕方がない……この「嫌だ」と「仕方がない」の繰り返しを頭の中で何百回反芻したことだろう。苦しさのあまり、もう大部薄くなった髪の毛を掻きむしる。指の間に引き抜かれた短い髪の毛がちらほら残る。

机の前の壁を見上げると、写真の於菟がニッコリ笑っている。

……於菟よ、お前はおせきによく遊んでもらったなあ……

その大事な大事な長男の笑顔が、潤んだ視野から流れ去った。

……いずれにせよこのままで済ませるわけにはいかない。おせきとはもう十年も過ごしている。母はおせきにどう言ったのだろう。今おせきはどんな気持ちでいるのだろう……

居ても立ってもいられなくなった鷗外は、翌日師団司令部に休暇願を出した。

下関と神戸が全通したばかりの山陽鉄道と官営鉄道東海道本線を乗り継いでの上京である。ゆっくりと走る汽車に、もっとスピードを上げよとばかり心の中で叫ぶ。

……とにかくおせきに会いたい、会わなければ話が始まらない……もどかしい思いの長い汽車の旅であった。東京に着くや夜も遅くなっていたが千駄木に急いだ。

## 五

鷗外は観潮楼に寄らずにおせきの家へとまっしぐらに人力車を急行させた。根津権現から団子坂上まではいつもの散歩コースだったが、今晩はやけに遠い。真夏日の暑さは夜になってもマシにならず、ジットリと汗が滲む。馴染みある横丁が見えてきた。角で人力車を降りると思わず小走りになる。息が切れる。

おせきの家の格子戸から薄ぼんやりとした明かりが漏れている。玄関先に打ち水がしてある。

……ああ、どこにも行ってなくてよかった……

いつものように格子戸を強弱つけて五回叩いた。

戸が開いた。おせきは、浅葱《あさぎ》色の浴衣を着て白っぽい帯を締めて立っている。

「おせき……」

鷗外の声はうわずった。おせきは無言である。

思わず抱きしめようとしたが、スルリと身をかわされ、そのまま奥へ駆け上がってしまった。

そして茶の間まで逃れると、黙りこくったままペタンと座り込んでしまった。

追いかけた鷗外はおせきの前に座った。

「おせき！」

息が詰まりそうになる。

「おせき！」

「……」

長い沈黙が薄暗い茶の間を支配した。

湯を使った後なので、髪は結わず大きく纏《まと》めている。黒髪から飛び出したような玉櫛の珊瑚の玉が鮮やかだ。正座のまま膝の上に両手を重ねじっと畳を凝視している。伏し目なので表情が読み取れない。まるで彫像のように座っている。

鷗外は、なにか自分がとてつもない罪を犯したように感じた。

なにも寄るすべのない、弱い弱い存在にトドメを刺す後ろめたさに、心が疼いた。

一瞬、小倉に寄越した母峰子の手紙の文面が脳裏に浮かんだ。

……おせきとは円満に話がついた……

しかしそれが鷗外にとってなんの慰めになろう。

結局、いくら綺麗ごとを並べても、経済力のある俺の家が、男の生理と妻のいない淋しさを満たすために、この貧しい女を疑似結婚の対象にしたのだ。俺も疑似結婚のおかげで精神的にもずっとずっと満たされてきたのだ。事実、俺も幸せだったのだ。

目の前でじっと座ってうつむいている女が、ますます小さく見えてきた。

やがて青白い顔をしたおせきはゴクリと唾を呑みこみ、意を決してやっと口を開いた。

「りんさま、いつかこの日が来ると思っていました」

「俺の母親に何かきついことでも言われたのか」

おせきはかぶりを振る。ご隠居様には実の娘のように優しくしてもらったこと、格式のある家の作法を色々教えて頂いたこと。森家のお世継ぎの於菟ぼっちゃんの養育を任せるほど信頼して頂いたこと、単なる妾奉公に月々、十分すぎるお手当を頂いたこと、おかげで児玉家がなんとか持ち直したこと、さらにお別れの際には、もっと存分なことをするつもりだとのあたたかいご配慮を頂いたこと、などを訥々と話しだし、最後にすべてに感謝しますと手をついて深々と頭を下げた。

居たたまれなくなった鷗外は声を絞り出した。

「おせき、許してくれ！　俺が見合いすると知って怒っているだろうなあ」

「いいえ、怒ってなんかいません。りんさまはりんさまにふさわしい方と結婚されるのが一番良いのです。前からわたしはわかっていました。だからもし将来りんさまと再会したとしたら、その時幸せなお顔を拝見したら、わたしもきっとうれしいと思うのです」

鷗外は言葉に詰まった。十年も連れ添ってくれ、心も躰も慣れ親しんでいる。世間一般の正妻というものとどう違うのだろう。婚姻制度で正妻は守られている。妾は守られていない。それだけの違いではないか。では、独身だった俺にずっと連れ添ってくれたおせきは何だったんだろう。

籍こそ入れていないので正妻ではない。しかし俺の家では家族同様で、なにより姑的な母と上手くいっているではないか。だから妾ではない。妻同然だったのだ。

「おせき、俺は見合いして結婚することになってしまうが、お前のことが忘れられない。結婚したってお前はお前だ。結婚なんて法律だけの話だ。どうか今まで通りでいてくれないか」

その時である。おせきは顔をあげ、思い詰めたように鷗外の目をキッと見詰めた。潤んだ黒目がやたら大きく、一瞬輝いたように感じられた。

「わたしだって、りんさまのこと大好きです。できたらずっとずっと、このままでいたい。でも、りんさまの優しさが怖くなってきたの」

「どういうことだ。俺にはわからん」

六

しばらく沈黙が続いた。おせきはゆっくりと語り出した。

「人間の心は変わるもの。りんさまの優しさだってりんさまの心です。それが変わらないということはありません。……だからりんさまの心が変わっていない今、そのままで永久凍結したいの。りんさまの優しさを永遠にわたしだけのものにしたいの」

「……？」

「いつかりんさまが、平家物語の読み方を教えて下さったでしょう。そのなかで、平清盛の寵愛を受けていた祇《ぎ》王と祇女の美人姉妹が清盛に心変わりされて、その後、仏御前という綺麗な女性に取って代わられた話です。姉妹は世をはかなんで出家する時に、障子に歌を書き残しました。後から寵愛を受けた仏御前がそれを見て何かを感じ、彼女もすぐに姉妹を追って出家した話です。わたしは一人でこの本を読み返していた時に、その歌にどうしても拘《こだわ》ってしまって、清書して引き出しにしまっておいたの。ちょっと待ってください」

と、ごそごそと座卓の引き出しから、一枚の折りたたんだ和紙を出してきた。

最初の頃よりずっと上手くなった字で丁寧に書き込まれていた。

萌え出づるも　枯るるも同じ　野辺の草
いづれか秋に　あはで果つべき

祇王

……こいつ、いつの間に……

鷗外は驚きを隠せなかった。

祇王は今を盛りと咲き誇る春の草を仏御前にたとえ、秋草が枯れるように自分は清盛に捨てられようとしている、と歌ったわけであるが、しょせんは同じ野辺の草で秋になると、どれも枯れ果ててしまうという虚無的な歌だ。

まさかずっとずっと前から、おせきはいつか仏御前という本妻が現れる時に備えて、心の準備をしていたのだろうか。

どんな命も、どんな愛もやがて終わる時がくるなどと、なぜこいつが、諸行無常のような仏教の無常観を、いつから感じていたんだ、と驚きは止まらなかった。

「よく聞いてください。わたしは御縁を得てから、りんさまを愛しく思う気持ちが日ごとに強くなり、最後には狂ってしまうほどでした。小倉に行かれてからは淋しくて毎晩泣いていました。りんさまだって私を慈しんでくださり本当に優しくしてくださいました。私たちがこの十年、愛し合ってきたのは絶対的な真実です。この十年の記憶はわたしだけの宝物。新しくりんさまの奥様になられる方だって壊せやしません。だからりんさまの優しさが籠もった宝物を永遠に、消えてなくならないよう凍結したいの！　永久凍結するために、わたしはりんさまから自立したいのです」

「自立？……」

「自立？　なんだ、それは！　この俺から離れるということか！」

……これほどお前のことを思い続けていたこの俺から自立とは？……

なにがなんだかわからない鷗外の声は怒気を含む。

「おい、おせき！　気は確かか！」

突然、おせきはスックと膝立ちになるや正対する鷗外にグイとにじり寄った。

その刹那、目にもとまらぬ速さでおせきの白い両手が、工作器械の万力《まんりき》のように彼の両頬をがっしり摑んだ。

左右から渾身の力で押された両頬の肉は、鷗外の顔を一瞬ヒョットコに変えた。


痛いッ！　なにをするッ！

頭の中で怒鳴った（と思った）が声にならない。鷗外は腰を抜かしてしまっていた。

尻もちをついてだらしなく大股開きになっている。

夢か！　こんな大胆で暴力的な行為を女から受けたのは初めてだ。


おせきは両手で自由を奪った鷗外の顔にグイと自分の顔を近づけ、上目遣いでにらみ上げた。

鼻先と鼻先が一瞬接触する。

その刹那、冷たく光る剣のような瞳が鷗外の脳天を刺し抜いた。

「りんさまに振られるより、りんさまを振りたいの、わかって？」

「……！」

挑戦的な眸《ひとみ》が輝きつづける。

彼はこれほど美しい女の顔を今まで見たことがなかった。

おせきは目を見開いたままのガチガチの男からそっと両手を離すと、すぐもとの正座の姿に戻り衿を直した。一分の隙も無い。

そして意を決したように、しかし静かに語り出した。

鷗外の心臓の鼓動も次第に落ち着きを取り戻してきた。

「りんさまとお別れすることで、永遠の思いを持ち続けられます。これはわたしの結論です」

凛たる言葉の勢いにもはや反論するすべはない。

「わたしが自立するために二つの条件をどうしても認めて頂きたいの。一つ目は、御隠居様の手切れ金は戴けません。わたしは、わたしの意志でりんさまとお別れしようと決心したのです。もし戴いてしまうと新しい児玉せきが生まれないと思うの」

「……」

「新しいせきは、死ぬまで堂々とりんさまのことを恋焦がれる女です。一方通行でも、恋焦がれて恋焦がれて……でもせきは燃え尽きてしまうことはありません。わたしは普段から観潮楼のお給料として十分すぎるお金を戴きました。これを元手になんとか裁縫の仕事をやっていけます。心配しないでください」

おせきはもうわかっている。

……私にとって何が一番大切かを……

鷗外は必死で気持ちを鎮めた。

「二つ目は、もちろん家賃を払いますからここの家に住まわせてください。あの女は妾奉公がお役御免になってどこかに行った、と言われるのは何より嫌です。それにここに居れたら……大好きなりんさまと同じ団子坂上の空気を吸って、りんさまに負けないで頑張ろうという気になれますもの……」

「それから……」

と言いかけておせきは打って変わって、はにかむような表情になった。

先ほどの挑戦的な眸は失せて、いつものおせきに戻っている。何か言いにくいことがあるようにモジモジしている。

「実はあの『舞姫』を何回も読みました。確かにりんさまがおっしゃったように創作ですよね。でもモデルとなった女の方はいらっしゃるんでしょう?」

「うん、まあな。昔はいたな……」

「わたしそのモデルになった方は今、とっても幸せだと思うわ」

「なんでそう思うんだ」

「女の勘です。もちろんわたしはその方を小説の中でしか知らないわ。でも主人公とどんな悲しい別れ方をしたって、今もりんさまの心の中に昔のまま焼き付けられているじゃないですか。小説によって永遠の命を与えられて……わたしはその方がうらやましい」


鷗外は黙って聞いている。


「ただ……」と言いかけておせきは言葉に詰まった。

「わたしは、わたしが悔しいんです」

「自分が悔しい？」

「いずれわたしは忘れられる身です。一番淋しい人は忘れられた人だと思うんです。嫌なんです、忘れられることが。嫌なんです、りんさまから私たちの記憶が消えてしまうことが……わたしも『舞姫』のエリスさんのようになりたい」


鷗外は今、初めてわかった。今、やっとわかった。今、心の底からしみじみと理解できた。

彼女がなにをいちばん怖れているのかを。

「舞姫か」……苦い思いが鷗外をよぎった。

ドイツ人の恋人エリーゼ・マリー・カロリーネ・ヴィーゲルト……

その昔、恋人を信じ将来を夢みた二十二歳の乙女は、鷗外を追って一カ月半の心細い船旅の末、地の果ての、言葉も通じない異国にたった一人でやってきた。

結婚を森家から拒絶され、煮え切らない恋人はあてにならず、築地のホテルで悶々と過ごした孤独の一カ月。

エリーゼは最終的に森家の意向を淡々と自分の宿命として受け入れ、帰国を決心した。

帰国の日。

鷗外は義弟の小金井良精（妹喜美子の夫）と弟篤次郎の三人で横浜港まで彼女に付き添った。

小金井はエリーゼの逗留先に連日訪れ、結婚は難しいと説得した人である。篤次郎はエリーゼの話し相手になったり外出や買い物に付き合ったりして慰めた心優しい弟である。

波止場から客船ゲネラル・ヴェルダー号へ艀《はしけ》が出ている。三人とも旅客と一緒に乗り込んだ。

艀舟から客船のタラップを昇る乗船客の最後尾にいたエリーゼの手を、鷗外はもう一度強く握りしめた。

エリーゼはニッコリ微笑み返してくれる。

やがてタラップが外され、船は重くて物悲しい汽笛を一声。ゆっくり艀舟から離れた。

その時、舷《ふなはた》でハンカチーフを振って別れていった彼女の顔に、少しの憂いも見えず、凛《りん》たる佇《たたずまい》に鷗外は衝撃を受けたことを思い出した。

……おせきも同じだ。

女というものは愛の終わりには、どうしてこうも強くなっていくんだろう……

鷗外がエリーゼの消息を知ったのは数年後である。帽子職人となって自分の店を持ったとの便りであった。

六

夜も更けてきた。鷗外は立ち上がった。

「夜も遅いので泊っていかれては」

「いや、やめておこう、観潮楼で泊まるよ」

おせきは玄関先まで見送ってくれた。今宵は熱帯夜である。

靴をそろえるために、敷台にしゃがんだおせきの白いうなじの後れ毛が、汗で肌にくっついている。

浴衣の下の華奢な女体は鷗外が馴染んだ躰なのに、今日のおせきは、なにか犯しがたい涼しげな慈母観音のように感じられた。

玄関先の鉢植えの高く伸びた蔓《つる》に、夕顔の花が咲いている。美しい白い花は夜目にも目立つ。朝顔より大きいので可憐というより、堂々としている。


「おせきが育てたのかい」

「ええ」

愛おしそうに花弁を細い指で撫でながら微笑んだ。

「朝顔はね、朝のお日さまを浴びて元気一杯に見えるでしょう。でもね、みんな知らないけど夕顔だってお星さまとお友達だから淋しくないのよ。咲く時間が違うだけ……」

「……そうか、星がお友達なのか……」

鷗外は成る程と思った。八月の夜はそよとの風もない。汗がジットリからまってくる。

どちらが誘うともなく二人は夜空を見上げた。

吸い込まれるような真っ暗闇にさんざめく満天の星。

強い光と弱い光の瞬きは、何と饒舌《じょうぜつ》な宇宙の営みなのだろう……

「りんさま、あそこに天の川が見えるわ！」

「どこ、どこ？」

「ほら、あの薄ぼんやりした細い帯よ！　そのすぐ上の一番明るい星が織姫星だと思うわ……その右下に彦星がいると思うんだけど……どれかしら？」

「わからんなぁー」

たわいもなく星探しをしているうちに鷗外の胸は一杯になった。

「おせき！」

「なあに？」

鷗外はグッと唾を飲み込んだ。

「おせき、お前と俺の小説を書いてみるよ」

一瞬、おせきの顔がくしゃくしゃになった。

たまらず顔を立ったままの鷗外の胸にうずめた。

これでもかと言わんばかりに深く、深く、深く、うずめた。

押しつけられた頬が軍服のボタンで痛かった。

横丁の角を曲がるまで、鷗外はずっと背中におせきの眼差しを感じながら観潮楼へ急いだ。

# 第五章　修羅

## 一

明治三十五年一月四日、朝から雲一つない日本晴れである。

肌を刺すような寒気だが、日だまりに出ると背中のこわばりが少し和らぐ。

この日、団子坂上の通りは朝からそわそわしている。

森鷗外先生の新しい奥様のお輿入れの日だ。なんでも絶世の美人らしい。

物見高い江戸っ子たちはこの森様の慶事を一目見ようと、八百屋、魚屋、豆腐屋、菓子屋、蕎麦屋、花屋などの店先で、お輿入れはまだか、まだかと待ち構えている。

この界隈では、森様のお宅を知らない人は誰一人としていない。観潮楼という大豪邸は団子坂のランドマークになっているのだ。

おせきも横丁から通りに出る角の、電信柱の陰に一人ヒッソリと立って眺めていた。

やがて大勢の紋付き袴姿の男たちに先導されて、人力車の列がやってきたが、花嫁の姿は人垣に隠れてチラッとしか見えない。

「おお！　綺麗な人だ」

「なんてべっぴんなんだ」

あちこちで歓声が上がる。

いつもと同じ通りなのに観潮楼がある一角は急に華やいで見える。


「これで終わり……すべてが終わったんだわ……」とおせきはつぶやいた。


自分でも不思議なぐらい心は乾いている。

お輿入れの一団が通り過ぎた後、彼女は横丁の中ほどにある小さな借家に戻った。

滑りが悪くなった格子戸をあける音が重い。

出かける時に箱火鉢の灰に埋めておいた炭はもう消えている。新たに火をおこしながらこまごまと家事仕事をしているうちに体が温まってきた。

シンとした茶の間で、うんと濃いお茶を飲んでみたくなった。お茶っ葉をいつもより三、四倍急須に入れる。すこし口に含むと強烈な苦みが舌を襲った。でもとても美味しいと感じた。

裏の小さな庭に目をやると差し込む冬の日差しは弱々しい。昨夜からの粉雪がうっすらと積もっている。ほんの少しの雪をまとった南天の枝から飛び出した深紅の実が目を刺す。

南天の実は真冬でも元気なのかと今更ながら不思議な気がした。

……この家に越してからもう何年になるのだろう……おせきは放心したように庭を見つめていた。走馬灯のように思い出は駆けめぐる。

……でもりんさまの奥様はまるで女優さんのように美しい人だわ。

これでりんさまも本当のご家庭を持って、於菟ぼっちゃまの次の子供もできたらどんなに幸せなことでしょう。本当によかったわ……

おせきは心の底からりんさまの幸せを祝福した。

終わりかたは前から決めていた。淋しさは感じない。それよりも自活していくためにもっともっと手広く裁縫業を展開していくことと、年頃になった一人娘に婿養子をとり、家をなんとか維持する方法を彼女なりに考えだした。

## 二

鷗外も結婚してから、おせきのことは脳裏から次第に薄れてゆく。

今回の結婚でなにより母が安堵したことが一番ほっとした。彼にとって志げは外見上非の打ち所がない妻であったが、この結婚が世間一般では考えられない特異なものだとはこの時は知る由もない。後になって彼は塗炭の苦しみを味わうのである。

盛大な華燭の典のあと嫁入り道具を観潮楼に入れたまま、鷗外の新婚生活は赴任先の小倉で始まった。

この頃彼は親友の賀古鶴戸に、

「好い歳をして少々美術品らしき妻を相携へ大に心配候」

と、大いにノロケたっぷりの手紙を送っている。謹厳実直な顔をしていても、面食いの鷗外は若く美しい妻をもらって嬉しくてたまらない。しかし鷗外は美しい嫁に満足する一方で、意外というより理解不能な言葉を新妻から発せられ愕然とする。

小倉の官舎の書斎に於菟の写真が飾ってあった。

峰子が一人暮らしの鷗外の淋しさを慰めるために送ってくれたものである。小倉にやってきた新婦志げがそれを目にした最初の一声は、なんと「取り除けてください」だった。

志げには何もかも初めての珍しい田舎。大好きな人と二人だけの甘い生活。新婚の妻らしく彼女は鷗外の非番の日にお出かけをねだった。

夕方、家路についていると寺の鉦が聞こえた。静かな所なので都会で聞くより大きく耳に響く。とたんに志げの表情が険しくなる。

「あなた！　わたしあの音がダメなの。気分が悪い」

と道端でうずくまってしまった。鷗外はしゃがみこんで彼女の背中を撫でてやったが、訳がわからなかった。妻はやたらと音に敏感な人間だと感じたが、この時はそう気にも留めなかった。

やがて左遷が解ける日が来た。三年ぶりに第一師団軍医部長としてようやく東京に帰ってきたが、志げの異常な言動はますます目立ってきた。

ある日峰子は志げに何気なく嫁入り道具を見せてもらった。

さすが佐賀藩の武家出身の嫁。華美ではないが長持ち、箪笥、鏡台など質実堅牢な造りで、持参の衣装も落ち着いていて品が良い。峰子は格式が同じ家の嫁をもらったことに安堵した。

しかし、書籍類はどこにもなかった。

「お志げさん、林は無類の本好きなのはご存知でしょう。毎日のように和歌や俳句をつくり漢詩を嗜む林と話を合わすのに、本は必要じゃないかしら。よかったら私の本をお読みなさいな」

姑に悪気はなかったが、嫁は上から目線にカチンときた。

彼女はもちろん武家のエリート教育を受けている。世間一般の女性よりはるかに多くの書籍に親しみ教養も深い。しかし荒木家は森家のように、文芸に耽溺するような家風はない。森の家の方が特殊なのだ。

早くも暗雲が立ち込める。


「あなた、嫁入り道具の中に本がなかったことがそれほど大きなわたしの実家の間違いだったの？　お母さまに嫌味を言われたわ」

「そんな意味ではないだろう。ただうちには幸田（露伴）や尾崎（紅葉）や、お前もよく知っている物書きがよく集まってしょっちゅう文学論義をしているだろう。もし連中と話になった時お前がいろんなことを知っていたら楽しいかと思ってのことだろう」

「……」


気が若い母峰子は、酒客の喜ぶものを調理して皆に振る舞い、文学談義に加わった。

峰子は子供の頃から文学少女であり、鷗外が津和野藩の藩校に入った時から息子の家庭教師として努力した。そのために和歌、俳句はおろか、『四書』『五経』『史記』などの漢籍も、子供が寝静まってから独習するぐらい勉強が好きである。だから息子の文学作品にも目を通し、自分なりの批評を加えられるほどの女流才人であった。

いっぽう志げは、上流階級に育っただけの美しくておっとりしたお嬢様ではない。幕末の過激派のシンパになるほどの一途な父の影響を受けたわけではあるまいが、かなりはっきり意見を言う気の強い女性であった。そして裏表がなく純粋である。

観潮楼の文芸サロンの接待に、峰子は志げにも嫁として助けてもらいたかった。が、彼女は鷗外に「わたしはあなたの妻になりに来たので、あの人（峰子）の子になりに来たのではありません」とピシャリと釘を刺した。

長命の祖母清、姑峰子、夫の末弟の潤三郎、先妻の子於菟の大家族の中に入り、夫の母子密着に加え、姑の孫溺愛にストレスは限界に達していた。

両者の憂鬱が時間と共に不信感に変わり、やがて怒りにエスカレートするのは時間の問題だった。

そして二人の女は、お互いの腹の内を探り始める。

峰子は感じていた。

……一番出来のいい息子（鷗外）と森家の名誉、広壮な家や美しい庭を、後から来たこの女が全部持って行ってしまうのか。ただ美しいというだけが取り柄で、自我を抑えることができないこの強い女を私はコントロールできるのか。

志げは感じていた。

……姑の背に半分隠れながらはにかむ子供（於菟）は完全に姑の手の内にあり、私にはなつかないだろう。この義理の息子はこの家の跡取りなので将来私との関係はどうなるのだろう。

早く子供をつくらないと私の居場所がないということになる。姑は言葉巧みだが本音は教養のない私を軽蔑している。いやそれどころかやがて自分の価値観を強要してくるだろう。

志げは音に極めて敏感である。一度嫌いな音だと思ったら耳を塞ぎたくなる。姑は愛想笑いしながら話しかけてくるが、あの毒を含んだような「くぐもった声」を聞くたびに気が狂いそうになる。

やがて嫁の表情の微妙な変化が空気を媒介として姑に蓄積していく。

三

志げが、長女茉莉《まり》を芝の実家で産んだのは明治三十六年一月。婚家での暮らしが苦痛になっていたので長い実家逗留となった。

明治三十七年二月に日露戦争が勃発し、今回も鷗外は第二軍軍医部長として出征するが、今度の戦争は前回の日清戦争と比べ物にならない大戦争だ。

相手は世界一の大陸軍国。清国相手のようにはいかない。

満洲の地で鷗外の第二軍も撃破されるかもしれない。

万が一のこと（戦死）を考え、公証役場に遺言状を届けた。

遺産の半分は長男於菟に、残り半分は母峰子にとしている。家を守るという観点から考えると、到底、志げは値しないという彼のクールな判断である。

そして不幸（戦死）の時、志げを実家に帰すが、再嫁するまで森家が金銭援助をするというつもりであった。しげのことを十分考えている。

驚くべきことに戦争を機に志げは、茉莉を連れて実家に帰ってしまった。

家を守らない嫁に、親類、友人の非難がごうごうと集まったが、これ以上母と嫁の内戦がひどくなっては困る鷗外はこれを認めた。

彼は嫁姑大戦争にうんざりだが、かといって志げを愛していないわけではない。戦地から、甘いラブレターのような手紙を何度も送っている。まるでやんちゃな小さい子をよしよしと諭すような文章だ。

明治三十八年九月、日露戦争は幸いにも日本の辛勝で終わったが、もう一つの家庭内戦争は鷗外が凱旋してからも収まる気配がない。それどころか志げの狂気はますますエスカレートする。

家族全員が食事をしている時に、台所にいた祖母峰子が遅れて席に着くと、志げが急に箸を置いて立つ。鷗外が「ペストのように嫌わんでもよかろう」とたしなめる。

他の家族は砂を咬むように食事を続ける。感受性の強い於菟は居たたまれない気がする。

そのうち志げは、自分の部屋で一人で食事をするようになった。

こうなれば一つの家庭で嫁と姑を分けざるを得ない。

とうとう鷗外は観潮楼を二分して、峰子を中心に弟潤三郎、長男於菟らのグループと、妻志げと実子グループとを別々に住まわした。

坊主憎けりゃ袈裟まで憎い……志げは、夫の先妻の子で祖母峰子の溺愛を受けている於菟を徹底的に憎んだ。於菟はこの頃まだ十五歳。なぜ自分が継母に疎まれるのか理解できなかった。

美しい継母の表情の裏に夜叉の面が隠れているような気がして、ますます祖母峰子に助けを求めるようになった。

志げの狂気は実子にも向かう。

茉莉が母屋の中で「おばあ様の所へ行きたい」と言うと、

「あんな人の所へ往くのではありません。女中の處へ往ってお遊び」

と言うぐらいはまだ軽い方で、次に生まれた子供たちにも容赦ない。

次女杏奴《あんぬ》がぐずって泣いていると、

「器量良しが大きな目に涙をためるのはいいよ。でもブスのお前が泣いたら小さな目が脹れて余計にブスになっちゃうよ」

末っ子の三男類《るい》が途方もなく勉強ができないのを心配していたが、ある日学校から母親が呼び出しを受けた。

「頭に病気がない子では類さんが一番できません」と告げられると志げは帰ってから、本人の前で「もし類ちゃんに病気があれば、どんなにわたしは肩身が広いことか。病気がありますようにと念じ、実際に神経専門医に受診させた。何もないことがわかると「死なないかなあ、苦しまずに死なないかなあ」とブツブツ漏らした。

類は大好きなパッパが帰ってきた時、
「パッパ、お母ちゃんがね、ぼくが頭が悪いからって死んだ方がいいっていうんだよ」
と泣きながら飛びついた。
「よしよし、坊主はまだ小さい。お母ちゃんは坊主の隠れた力を知らないだけだ。そのうちに、ナッ」
とあらん限りの力で抱きしめられた。

類は父が母にかたき討ちをしてくれるものだと思っていたが、自分の頬っぺたが父の髭でグッと押されてチクチク痛いなと感じるうちにどうでもよくなってきた。ちょっと甘い煙草の匂いがした。かたき討ちはなかった。

鷗外は推測している。

……夫に対して姑のことをあんな風に言って何とも思わない女がなぜできたのか。

子供に対してもそうだ。ひょっとして精神病者と健康人との間に、限界状態というものがありそうだと……

(鷗外の疑問は現在の精神科領域では解明されている。自分以外の人間にかける言葉のブレーキが利かない。自分の言葉を相手はどう受け止めるかが予想できない。相手の心と共感できない、音に異常に敏感であることなど、現在でいえば、いわゆる「空気が読めない人」すなわち自閉症スペクトラム障害（ＡＳＤ）と診断される。一言でいえば対人関係能力の低い人だが、大人の発達障害ともいわれる。明治時代にはこの概念はまだない。もう一つの異常性格は「病的な独占欲」である。志げにとっては、鷗外の愛は一種類であって自分にだけ向けられるべきものであった。その愛が親、兄弟、先妻の子、友人知己に向かうのであっても絶対許さない。愛を分けるということは、他人が夫婦の間に入り込むように堪え難く感じるのである）

## 四

明治四十年十一月十三日、鷗外は第八代陸軍医務局長に就任、軍医総監（中将）になった。この時四十五歳。とうとう軍医界の最高位まで上り詰めたのである。

母峰子、妻志げをはじめ森家はこれ以上ない喜びに包まれる。一家は救世主の家長・鷗外を仰ぎ見た。先細りする不安に苛まれていた田舎藩の御典医一家にやっと陽が差してきた思いである。

医務局長になると同時に、鷗外の創作意欲のピッチが上がる。

この時代（大正六年まで）を「豊熟の時代」と世の人は呼ぶ。まさに文豪の名を欲しいままにした名作の大量生産時代である。

しかし鷗外の真骨頂、「文豪」と「軍医」の二足のわらじの裏には、べっとりと、「家庭」という異臭まみれの汚泥がこびりついていて離れない。足を引っ張る。

自分の「家庭」が汚泥とはどういうことか。

普通の人間なら幸せと感じられる人並みの日常生活が鷗外一家では壊滅していることである。

その原因はずばり、志げの異常性格にある。

小さい子供たちが真夜中にお手洗いに行く時は、母親でなく鷗外が連れ添う。

おしっこが終わるまで待っていて、終わると優しくちり紙で拭いてもらった思い出をみんな覚えている。鷗外はそれが母親でなく自分の役目だと受容しているのだ。

ある寒い冬の夜、夫婦の口論のあと、突然ヒステリーを起こした志げは裸足で庭に駆け下り、植え込みの陰に座り込んで抵抗した。

小さな子供たちが心配して「おかあちゃん、おかあちゃん、帰ってきてよ！」と泣き叫んでも反応なし。鷗外は子供たちに「あとはパッパが連れ戻すから」と言い聞かせ女中に命じて寝させたあと、寒い中自分は志げの機嫌が直るまで廊下で待っていたという。

実子であっても母の異常さに翻弄されるのに、血の通っていない長男はなおさらである。

しかし於菟はあれほど継母に嫌われ、無視されても大人しいので衝突しない。

父親に似て理性が勝っている。小さい時に物をプレゼントされても、感情表現が下手なせいか、「ほんとに物喜びしない可愛げのない子ね」と言われる。

少し大きくなって、気を遣ってしげに近づこうとすると横を向かれる。逆に志げが親しもうとすると敬遠する。いつも上手くいかない。

「於菟ちゃんと私とはいつも気持ちが喰い違うのよ」と言われる。

そんな於菟でも、中学に入り思春期にさしかかると快活さも出てきた。

少年らしく小さな冒険を試みた。馬丁に頼み、父の通勤用の馬に乗せてもらい時々、道灌山、飛鳥山まで遠乗りを楽しんだ。

ある日、「坊主、これをやろう」と父が金ぴかのボタンをくれた。一つだけ。

「このボタンは昔、ベルリンで買ったのだが、戦争の時片方なくしてしまった。とっておけ」

よく見ると、銀の星と金の三日月をくみあわせたオシャレなもので、於菟は外国硬貨の入れてある自分の宝物入れの小箱に大切にしまった。

於菟の本好きは父親譲りである。

ある日、父の書斎の本棚をゴソゴソ見ていると、まだ新しい一冊の歌集が出てきた。

日露戦争の凱旋後、父が記念に出版したもので表紙に「うた日記」とある。パラパラ何気なく頁をめくっていると、「扣鈕《ボタン》」という散文詩が目に留まった。南山の戦いの歌らしい。

南山の　たたかひの日に
袖口の　こがねのぼたん

ひとつおとしつ
その扣鈕惜し

べるりんの　都大路の
ぱつさあじゆ　電灯あをき　（ぱつさあじゆ：アーケード街）
店にて買ひぬ
はたとせまへに　（はたとせ：二十歳）

えぽれつと　かがやかしき友　（えぽれつと：女性の洋服の肩につける飾り）
こがね髪　ゆらぎし少女
はや老いにけん
死にもやしけん

はたとせの　身のうきしづみ　（はたとせ：二十年間）
よろこびも　かなしびも知る
袖のぼたんよ
かたはとなりぬ　（かたは：片端《不完全なもの》）

ますらをの　玉と砕けし
ももちたり　それも惜しけど
こも惜し扣鈕
身に添ふ扣鈕

於菟は瞬時にしてわかった。父の心の絶叫を……

祖母峰からその昔、ドイツから若い婦人が父を慕ってやって来たことを聞いていたからである。

……南山の戦いの日に、紛失した袖のボタン。

ベルリンの繁華街の青い電飾華やかな店で、二十年前にエリーゼに選んでもらい買ったものだ。

エポレットが輝いていた、こがね色の髪の少女はどうしているだろうか。もう老いてしまって死んでいるかも知れない。

その後二十年の我が喜びも、悲しみも知るボタンよ。片端《かたわ》になってしまったなあ……

於菟は、永遠の人を思い出す、この抒情あふれる美しい歌に胸を打たれた。

そして医学のみならず、このように文芸でも天賦の才を発揮して余りある偉大な父に、どうしても乗り越えられない壁を実感した。

## 五

日露戦争勝利の年、於菟は獨協中学を飛び級で二年早く卒業した。

第一高等学校を受験したがこちらの方は失敗、しかし一高第三部（医学部進学過程）に合格した。

本人は本コースに行けなかったことに挫折感を感じたかもしれないが、傍で見るとエリートの切符を弱冠十五歳にして手に入れたのだ。

於菟が大きくなるにつれ、峰子は本音で孫に話ができるようになった。

「あの時私たちは異国の女（エリーゼ）を帰らせ、お前の母を娶らせたけれど、お父さんの気に入らず離縁になってしまった。お前を母のない子にした責任は私たちにあると思っています」

としんみりすることが多くなった。

実は於菟が小学校の時、生母登志子は病気で亡くなっていたが、鷗外の再婚を機に峰子は、これまで隠していた生母のことをすべて孫に打ち明けていた。

この目の中に入れても痛くない孫が、自分が死んだあと父はよいとして継母、異母弟妹に囲まれてどんな気持ちで生きていくか、祖母はそこまで心配する。

於菟が一高三年生になった春休み、峰子は突然、浜松郊外にある於菟の生母登志子の実家を訪問しようと提案した。孫を生母の実家赤松家の祖父母に一目でも会わせておくことで、生母の思い出がなくてもそれにつながる何らかの縁が存在することが、於菟の淋しさを万分の一でも癒すのではないかと思ったのである。

春休みで開放感に包まれている孫を連れて、峰子は浜松駅に降り立った。それから各駅停車に乗り換えて目的地近くで人力車を拾ったのは、午後もかなりまわった頃であった。

赤松家は土塀に囲まれた堂々とした屋敷であった。

屋敷門の門番に面会を求め、玄関を通り式台を上がった客間で待っていると、障子が開いて老婦人が現れた。登志子の母、つまり於菟の母方の祖母である。

峰子は座布団から身を退いて「閾がお高くて上がれませんところを押しかけまして……」と平身低頭する。

我が息子林太郎が、赤ちゃんまで生ませて捨てたその元嫁の実家を訪れたのである。

先方はとても会う義理などあるはずもない。

しかし登志子の母は、傍らの於菟を見るなり、

「まあ、あなたが於菟さん？……お登志にそっくり！」と絶句してしまった。

武家出の老婦人同士の堅苦しい挨拶の応酬もそこそこに、登志子の母は気も動転して奥の間の主人の部屋へ二人を急がした。

主人の翁は峰子と於菟を見ると、これまた目をまん丸にして立ちあがった。

赤松則良男爵、鷗外が娘を置いて家から飛び出した時に激怒した元岳父である。

「かねてから林太郎（鷗外）が成人致しました於菟を、人目おじい様に見せたいと申しますのでつれて上がりました。お会いして頂いてこれほど嬉しいことはございません」

と峰子はこれ以上ないほど慇懃に挨拶した。

「よくおいで下すった。よくおいで下すった。於菟君、大きくなったなあ、立派になったなあ」

はらはらと涙を流し、ここへと自分の近くへ於菟を招き寄せた。

翁は片手を孫の肩に、もう一つの手で孫の手をしっかり握りしめ、薄暗い電灯の下でいつまでも茫然としていた。後で、

「わしはあの時、死んだとあきらめた孫が帰ってきたのは、夢ではないかと思った」と述べたそうである。

赤松家を訪ねる前は気が重かったが、一晩泊めて頂いて翌朝東京に帰る汽車の中は二人にとって日本晴れであった。春うららの線路沿いに咲き乱れる菜の花の絨毯。遠いところに見えるかすみのような桜の群れ。孫と祖母は来てよかったとしみじみ思った。

# 第六章　沙羅《さら》の花

## 一

この頃峰子はつくづく思う。うちの長男ほど「女運の悪い子」はいないと。

……確かに最初の結婚の破綻は、親が意に染まない女を押し付けたことにある。かといって本人が好きになった外国の女を家に入れるわけにはいかない。あの子の陸軍での出世に影響することだから。

でも今度の嫁は本人好みの絶世の美人ではないか。なぜこんなに家の中が上手くいかないのだろう。

峰子の気持ちは千路に乱れた。

於菟はまだ小学生だった頃、祖母の爆弾発言を聞いている。今でもはっきり覚えている。

確か父が小倉赴任中の頃だ。再婚話が決まって新しいお母さんができると聞かされた時のことだ。

「於菟ちゃん、お父さんの離婚の原因の大きなものは、お前を生んだお母さんが不細工だったからだよ。なにしろ鼻が低くて笑うと歯茎が丸見えになるんだよ。男の人は奥さんが嫌いなのは我慢できないものだよ」

そして父の弟・篤次郎叔父の嫁の久子おばさんを誉め出した。

「久ちゃんはあんなに美しく可愛らしい。お登志さんは悪い人ではないが不美人だったからお父さんが嫌ったんだよ。それに美しい人は久ちゃんのように気立てもよいものだよ」

要は、美しさと気立ては比例すると言いだした。そして今度の父の嫁は絶対美人でなければならず、美人の嫁を二人、自分のそばに侍らして肩身が広い気分になりたいと言いだしたのだ。

……僕はそれまで峰ばあさんが大好きだったが、この時から少し考えるようになった。

ばあさんは僕の気持ちがわかっているのだろうか？

お父さんも、お父さんだ。顔が気に入らないという理由だけで、僕を生んでくれたお母さんを捨ててしまったのだろうか。だんだん大人がわからなくなってきた。

たしかに僕は母の顔を知らない。実際はどんな人だったのだろう。友達の家に遊びに行っても、そのお母さんが出てきてニッコリ笑ってお菓子をくれる。みんなお母さんがいるのが当たり前なのに、うちだけお母さんがいないのはたまらない気がしていた。

だから僕はお母さんというのは、おせきのような感じの人が、二十四時間ずっといっしょに僕といてくれるような人だと思っていた……

成人した於菟はやさしく理性的な青年に成長していた。
一風変わった祖母に面と向かって意見するようなことはしない。
祖母の父に対する偏愛も十分わかっている。
ただ心の中でいつも祖母にわかってほしい気持ちを持っている。

……おばあさん、男も女も顔なんて年食ったらしわだらけになって、お互い飽きがくると思うんだ。でも、飽きがこないたった一つのものは、お互いが持っている「心根の美しさ」だと僕は思うよ……

強気一点張りで頑張ってきた峰子も、さすがに寄る年波に気弱になってきた。
……林は半分、志げに取られてしまった。於菟ちゃんだけはなんとか素直な嫁がきてくれないものか。もう於菟ちゃんは医学部も卒業したんだから……

年老いて気力も失せてしまった峰子には、もう門閥や金持ちのお嬢様も、水も滴る美人の嫁もいらない。親が大臣、大将、財閥でなくてもいい。つつましく日々を暮らす堅実な家の娘で、かわいらしく自分に優しくしてくれる孫嫁が欲しい……これがたった一つの願いになっていた。

実は鷗外と別れても、おせきは時々観潮楼に来ていた。

峰子は自分の繕い物をおせきに頼むことがあったからである。

この頃母屋から離れに移っていたので、離れに近い裏木戸から簡単におせきを招き入れることができる。

峰子はおせきが来るのを心待ちにしていた。

病的に強すぎる嫁との闘いに、もはや疲れ果ててしまっていたのである。

昔、自分にやさしくしてくれたおせきは、今の嫁と比べてなんと私の気持ちに寄り添ってくれたことか……

確かに最初、峰子はおせきを単なる「息子の囲い者」としか考えていなかった。

しかし何事にも裏表なく取り組み、日常に忙殺されている息子に尽くすそのひたむきな真心が、時が経てば経つほど心に沁みてきていた。

……こんな優しい娘は世の中に二人といない。林とは五歳違いだ。あの子の出自ばかりに囚われていたけれど、私は……

今、峰子はやっと失った価値の大きさに気づいたのである。

おせきも、女手一つで没落士族の家を再興させた峰子を心から尊敬している。

峰子は「女であっても、男に伍して家を盛り立てることができる」という生きた手本である。

もちろん自分の家と森家とはスケールや格式が較べものにはならないが、なんとか実家を存続させたいおせきにとって、峰子は価値観を同じくする人生の先輩、なつかしい観潮楼は行儀、作法を教えてもらえる学校であった。

だから、峰子とおせきは、最後の最後には「囲い囲われる者」を超越した、実の母娘のような感情が芽生えていた。

年老いて眉間の皺が深くなって背が曲がり、一段と小さくなったご隠居様を見るにつけ、おせきはなんとも言えない気持ちが湧いてきた。

峰子はおせきが時々来るたびに、それが非現実的な戯言《たわごと》と自分を戒めつつ、「もう一度帰って来て欲しい」という言葉が喉まで出かかる。

おせきはおせきで、自分も喉まで出かかっている言葉がある。

……りんさまと別れても観潮楼の近所で、自分の裁縫業が繁盛しているのを知ってほしい。そしてご隠居様が、私とりんさまとの十年間をどう評価されていたかを知りたい。私という人間をどう量っているかを改めて知りたい……

小さな、まことに小さな可愛らしい意地であった。

実は森家は鷗外の後妻の異常さが外部に漏れないよう、使用人に緘口令を敷いていたが、噂話は止めようがない。おせきの耳まで届いていたのである。

二人の女はぎりぎりまで近づいていた。

しかし武家の女と庶民の女は、ついに最後まで本音を交わすことはできなかった。

峰子は大正四年に入り急に衰え寝たきりとなった。主治医は鷗外の後輩の橋本監次郎軍医監で診断は肝硬変。時には同門の青山胤通東大教授も診察したが、病状は進む一方であった。

やさしい於菟は授業のない時に、できるだけ祖母につききりで看病した。

本好きの祖母にせがまれて枕元で小説を読んで聞かせると、嬉しそうな顔をして聞き入っていた。

一日中、うとうとする時間が増えてきた。肝性昏睡というものであろう。ある日、朦朧とした祖母の枕もとで手を握っていると、

「於菟ちゃん」と弱々しい声が聞こえた。

「ええ、ここにいますよ」

「およめさんは」

これが最後の言葉であった。七十一歳であった。

葬儀には陸軍関係、文学関係の人々はもちろん、多くの観潮楼近辺の住人たちも参列した。

悲しみで胸が張り裂けそうなおせきは葬儀場で手を合わせながら、心の底から峰子に感謝の言葉をつぶやいた。そしてもう観潮楼には行けないと思うと、また悲しさが込み上げてきた。

## 二

大正五年四月十三日、鷗外は陸軍省医務局長を退職し予備役となった。この時五十四歳。約二年弱のリフレッシュ休暇のあと、帝室博物館総長兼図書頭に任じられた。今の東京国立博物館のトップだ。

この頃於菟は初めてドイツ語の医学論文を書いた。

父に添削してもらおうと、観潮楼の母屋を訪れると、父は非常に喜んだが「お前がくるとお母さんが機嫌を悪くするから役所でやろう」と毎日、於菟の博物館通いが始まった。

総長室といっても驚くほど質素な部屋で、陸軍省の医務局長室とは大違い。

粗末な机の後ろにちょこんと座っている背広姿の父は、長年見慣れた厳めしい軍服姿と違いとっても弱々しい。

「おお、来たか。そこの丸椅子をここへ持っておいで」

父はニコリともしないが、何となく張り切っているようだ。

於菟は父の横で原稿を一節ずつ読み上げる。

父は足を組んで太い葉巻をくゆらせながら、時々天井をゆっくり見上げたり、先にたまる灰を指で払い落としながら聞いている。そして五〜六秒でスラスラと訂正した文章を読み上げる。

於菟は必死で書き写すだけだ。

於菟は思った。

……オヤジの頭はどうなっているのだろう。下手くそなオレのドイツ語が、どうして格調高い学術論文に、同時通訳のように転換されるのだろう。それに比べてオレはどうしてこんなに出来が悪いのか……

於菟だって、飛び級で中学を卒業した秀才であるが、永遠に乗り越えられない父を、畏敬と恨めしさの交じった複雑な気持ちで見つめていた。

「於菟よ、そろそろ昼飯にするか」

秘書を呼び注文しておいた仕出し屋のランチ弁当を持ってこさせた。

自分は机の引き出しから小さい風呂敷包を出して開く。

中は志げの作った粗末な弁当で、アルミニウム箱のこともあれば、竹皮包のおにぎり、食パン半斤のこともある。

……エッ！　いつも父はこんな弁当しか食べさせてもらえないのか……

二人は黙ってもくもくと口を動かした。

於菟にとっては父とこんなにも長い時間一緒にいたことはなかった。

……小さい時から雲の上にいるような父。

舶来の珍しいものをいっぱい買ってくれ、お礼を言うとニッコリする父。

着物の時はいいが、軍服に着替えるとよその人のように見え、やっぱり重たい父。

祖母から「もっと遊んでおもらい」と背を押されたけれど、やっぱり逃げだしたくなるような父……幼い頃の思い出がとりとめもなくよみがえってきた。

ある日の昼食時、普段から思っていたことを思い切って父にぶつけた。

「お父さん、僕たちは何も悪いことをしていないのに、このようにお母さんに隠れてこそこそしているのは変じゃない？　世の中から見たらみっともないことだと思うよ」

「……」

「お父さんは家長なんだから、家の中のことをもう少しテキパキやったらどうなの？　お母さんに対して言うべきことを一度だって言ったことはないじゃないか。僕は精神的にお父さんがお母さんに従属しているのが不思議でならない！」

鷗外の顔色がサッと変わった。強く結んだ唇が見事なカイゼル髭をかすかに動かした。そして歪んだ口元からは苦渋に満ちた声が絞り出された。

「於菟よ、女は気の狭い者だからそのつもりで我々はいなければならないと思う。女は理性で考えられないからこそ、我々は一段高い所から見てやらないとだめだと思う」

「お父さん、その考えは間違っている。それじゃすべての女に理性がないならば、お父さんがあれ程大切に敬っていた峰ばあさんも女じゃないか。ばあさんも理性がないことになる。それはすべての女性を全否定していることになりませんか。馬鹿にしていることになりませんか。僕は男と女ということではなく、人間と人間が一対一で対峙することが大事だと思います」

「そうかもしれない……」

鷗外の目には、成長した長男がまぶしく見えた。

……引っ込み思案でいつも祖母の後ろに隠れていたくせに。

こいつも大きくなったもんだ……

「俺はな、於菟、女を語る資格がない男なんだよ。俺と関わりを持った女はみんな不幸になるような気がする。悲しい気持ちにさせるような気がする。ドイツの女もお前の母親もそうだ。今度のお母さんもどうなのかわからないんだよ。みんな俺に問題があるんだろうか」

於菟は苦渋に満ちた父の顔を凝視して言葉が詰まった。

父は息子にゆっくり語りかけた。

「今、俺は禅の勉強をしている。小倉に居た時に玉水さんという坊さんと知り合ってな。曹洞宗を開いた道元禅師のことを教えてもらったのさ。それによるとな、時間というものは無という未来から現在が流れてきて、無という過去になるらしい。つまり目の前に存在している現在だけが真実で、過去も未来もない。彼岸も此岸も何もない。ただ今だけ。目の前のこの一瞬だけ。だからこそ今という真実に無我になって対面せよというのが今までの教え。でもな、無我になって対面などできるものか。〈俺が俺が〉とか〈……すべきだ〉とか自己や他己にこだわってしまうだろう。道元さんは無我じゃなく忘我と言ってな、そのこだわりそのものを忘れてしまえ、と言っているのさ」

「お父さん、もういいよ。時間がないから論文に戻ろう」

於菟は何のことかわからなかった。ただ父が道元の書いた『正法眼蔵』の中の『現成公案』とかいうくだりをもっと説明しようとしたので、慌てて話を遮った。

……またいつものように高度な話で人を煙に巻くのだろう……

しかし勘の鋭い於菟は、父は志げを受け止める苦しさの解決法として道元の哲学書を研究しているのだろうとピンときた。しかし目の前の対象（義母）にこだわらないために自分が鈍感になることが正しいことなのか。

父が好んでよく使う哲学用語のレシグネーション（諦観）とはこのことなのか。

父は自分さえこだわりを捨てたらすべて解決すると思っているのか。

盲目的に義母を受容することだけが愛なのか。

それが周りの家族に対してどんな影響があるのか考えているのか。

……お父さんは結局事なかれ主義だ！……と叫びたくなった。

父がまた「忘我」のくだりを話しかけたので、たまりにたまったフラストレーションがこの時初めて爆発した。

「いい加減にしてよ！　なんだかんだと難しいことばかり言うけど、お父さんに決断力がないだけじゃないか！　決断力だよ、決断力！　一も二もなく決断力がないからなんだよ！」

「……」

於菟だって医者である。

いくら専門外といっても義母の精神的な異常さはよくわかっている。

義母は純粋なまっすぐな人であるが、人と人との社会的文脈の欠如と、あうんの呼吸というか暗黙知が欠如していることも十分理解している。

つい言葉を荒げてしまったが、於菟は敬愛する偉大な父が、偏執狂の継母に精神的に支配され続けることに我慢がならなかっただけである。「煮え切らない」態度をとり続ける父に歯がゆさを感じただけである。

……それにしてもこれほどの性格異常者の義母に「忘我」で接している父の頭の構造はどうなっているんだろう。逆に自分のすべてを父に受容してもらっている義母は本当に幸せなのか、本当に愛されていると思っているのだろうか？　それとも……とふと思った。

父との特訓のおかげで論文は数日で完成した。

論文訂正が終わった翌々日の朝、住んでいた別棟に父が出勤前にやってきた。

声を潜めていった。

「お母さんが大変怒っている。当分うちへ来てはだめだ」

「どうして？」

「昨日お前の論文ができたので、あんまり嬉しくってつい日記に書いたんだ。それをお母さんに見つかってしまったんだ」

父は、泣き笑いの顔をしてそっと裏門を開けて出て行った。そのトボトボ歩く後ろ姿はいかにも哀れな老人の衰えをまざまざと示していて見るにたえなかった。

……父の老い……

父がこの世からいなくなる日はやがて来る。その時こそ自分はこの家から出て行こう、と於菟は決心した。

三

毎年十一月は、正倉院の曝涼《ばくりょう》（虫干し）のために約一カ月奈良に出張する。

成人した於菟はもう安心だ。

於菟の腹違いの妹と弟はこの時、

長女茉莉《まり》　十五歳
次女杏奴《あんぬ》　九歳
三男　類《るい》　七歳

二男は夭折したが待望の男の子は鷗外がなんと四十九歳の時に授かった。

この滞在中子煩悩な鷗外は、次女杏奴と末っ子類に頻回の手紙を送っている。

長男と比べあまり勉強ができない下の子たちに奈良滞在中、通信教育を始めた。

毎日のように「算数」や「書き取り」の手製のドリルを送ってやり、送り返された回答を添削し、励ましの言葉を添えてまた返送するのだ。

昔小倉に左遷中、東京に残した長男於菟のために、ドイツ語などの手製通信教育を実行した。同じことを五十八歳にもなってやり出した。

東京にいる時は、子供たちのために手製の参考書を作ってやっている。歴史のポイントをわかりやすくまとめたペン書きの手製のテキストには、地図まで書き込まれている。手書きの時間割表まで作ってやり、科目名にルビまで振っている。

「ワスレモノチャウ（帳）モツテユクコト」という書き込みまである。

いかに子供の前途を願う慈愛に満ちた「教育パパ」だったことか。

（余談だが鷗外の字と子供らしいいじけた字の混じっている帳面は今も鷗外記念館で目にすることができる）

功成り名成りの鷗外はもはや何もいらない。

ただ、まだ小さい我が子の行く末がなにより心配だ。

この頃から鷗外の体調は崩れ出す。病名は萎縮腎、今でいう腎不全だが結核が腎臓を侵してきたのだ。

いっぽう先妻の子の於菟は嫡男としての頼もしさが出てきた。

気弱になっている鷗外は、今、於菟だけが頼りである。

最初は父にどうしても乗り越えられない壁を感じ、コンプレックスを拭い去れない於菟であったが、大人になってきて父親を理解できるようになってきた。男の子はそういうものだ。

彼は明治四十一年、東京帝大医科大学（東大医学部）に入った。大正二年最年少で卒業しすぐ東京帝大理科大学化学科に再入学した。これは鷗外の専門の衛生学は化学の素養が必要なため、父に強く勧められたためであろう。しかし翌年動物学科に転科。一年休学し大正七年に卒業した。よくよく勉強好きの人だ。

家庭の事情で、研究や文学の道に没頭できなかった鷗外は息子に夢を託したのかもしれない。それにしても息子に、とことん夢を追い求めさせてやる鷗外の経済力にも驚嘆する。

しかし息子は文学の方は始めから断念。医学の方も父と同じ試験管を振る生化学や栄養学を避けて解剖学に進んだ。父を手本にやってきたが、自分の能力に限界を感じ自信喪失に陥った。

やけくそになった於菟は女遊びをやり出した。

深夜帰宅した彼は観潮楼の門を叩いた。反応がない。かなり待って、門の内から閂《かんぬき》を抜く音がして門が開いた。父が立っていたが、「やあ、お帰り」の一言だけであった。

あとで「Nachkommen（ドイツ語／ナッハコンメン／子孫）に影響するようなこと（性病）は気をつけろ」と医者らしいことをケロッと言っただけ。

「ところでお前はTrieb（ドイツ語／トリープ／性欲）の処理をどうしているんだ?」

「……」

「やはり一つの対象に集中するのはいかん。ちらし（ちらし寿司）にしておけ」と言ってニヤリとした。

自分の苦い経験からきた変な（粋な？）人生訓である。

於菟が「ちらし寿司」の意味がわかるのは、もう少し時間がかかる。

於菟は遊びの延長で親しくなった女としばらく同棲していたが、別れ話が決着しない時にその女が森家を訪ねてきた。鷗外は女をつれて桜の咲く上野公園を散歩した。

潔癖な志げにばれ、厳しくなじられたが、

「せがれと関係なくなっても、おれにとっては昔の友人の娘だ。可哀想なので連れて歩いたのが何が悪い」とうそぶいた。弱い立場の女にやさしいのも鷗外らしい。というより昔、ドイツから追いかけてきた恋人と二重写しに見えたのか。

つぎの日。

「昨日、お前の別れた彼女が来たぞ」

「……」

「いい子じゃないか。別れても忘れられなくて来るなんて……お前もなかなか色男だな」

「お父さん、そんなんじゃないんです」

「いいじゃないか、若いんだし。ただ世の中広いぞ。女も様々、浅く広く付き合う方が火傷しなくていいぞ」

「お父さんにだけは説教されたくありません。僕はお父さんのように火傷がケロイドになっていません」

「こいつ！」

ちらし寿司の意味をわかるようになった息子は、父とやっと男同士の話ができるようになった。ちらし寿司はネタや具を分散するが、にぎり寿司は一つ一つのネタをシャリの上にのせている。つまり一つのネタ（女）に執着せず、浅く広く行けとの諧謔《かいぎゃく》（ユーモア）である。しかし鷗外は息子に茶化して説教したものの、自分もまた「ちらし寿司人間」になれないことをわかっている。


……あれは昔、ドイツに上司の石黒閣下が長期出張に来た時のことだったなあ。列車食堂で酔っぱらって女論議になった。俺と同期の谷口謙と閣下とがそれぞれ付き合っている現地の女（ドイツ人）を暴露しあったが、閣下にたちどころに「森が一番罪が深い」と言われてしまった。「谷口はプレイボーイで女を次々変えてカラッとしている。遊びなのでお互いあと腐れがない。一番罪が軽い。自分（石黒）は期間限定でドイツ女を囲っている。情が移るが相手も納得している。だからその次に罪が軽い。森はシロウトの女に手を出し、お互いに心から愛している。先はどうなるかわからないのに。自分で決断を下せないくせに全身全霊で愛してしまう。だから一番罪深い」

閣下は若い時から俺をよく見ていたなあ……とふとドイツのことを思い出した。

於菟は大正七年一月嫁をもらった。秋田の開業医原氏の長女、富貴。翌年長男真章《マクス》、二年後二男富《トム》が生まれた。鷗外の初孫である。

大正十一年四月、於菟は解剖学教室の命によりドイツ留学に出発した。妹茉莉もフランスまで同行する。東大で仏文学を研究している夫、山田珠樹が留学しているパリに行くのだ。

鷗外は東京駅まで見送った。ホームで父は息子に憎たれ口をたたく。

「お前はおれと違ってじじいになって行くから面白いこともないだろう」

……若い頃、独身で行ったオレは、ドイツ女にすごくもてたぞ……と自慢したい父に苦笑した。

「おれも、もう一度ドイツに行ってみたい」

と言ったのが、於菟が聞いた父の最後の言葉であった。列車の窓から遠ざかっていく父の姿は背が曲がり、病のために一段と小さくなり、今にも倒れそうな弱々しい老人そのものだった。

子供たちを見送った二カ月ちょっと後、体調不良のため帝室博物館を欠勤するようになる。

六月のたまらない蒸し暑さのため、倦怠感がいやがうえにもひどくなる。

医者である鷗外は自分の余命をわかっていた。

# 四

鷗外は六月半ばより体動も困難になってきた。

玄関に近い六畳の間に寝ていて、障子はすべて開け放たれている。庭には沙羅《さら》の木の四弁の白い花が、はかなげに咲いているのが見える。

医者嫌いの鷗外は受診することもなかったし、往診も頼まなかった。すべてわかっていた。

萎縮腎というが元は肺結核であるので咳、痰、息苦しさなどの呼吸器症状も出てくる。

もっと前から時々血痰が出たこともあり、鷗外はぬぐったちり紙を庭でこっそり焼き処分していた。

尿量も少しずつ減り、顔や足にむくみが出てきた。志げは医者にかかるよう懇願するが彼は聞かない。

病床の鷗外には親友の賀古鶴戸だけは何回も訪れる。

志げは賀古に打ち明け、やっと説得の末、往診してくれる主治医が決まった。於菟の同級生でしかも賀古鶴戸の姪の夫であり、日本一の内科といわれた東大・青山胤道教室の俊才、額田晋先生に決まった。主治医は鷗外の喀痰を顕微鏡で調べ驚愕した。

……結核菌で一杯！　まるで純粋培養ではないか……

鷗外は主治医に言った。

「これで君に皆わかったと思うが、このことだけは皆に言わないで欲しい。子供もまだ小さいから」

当時、結核は不治の伝染病として恐れられていた。子供たちへの結核感染が周りに疑われないようにとの配慮である。ある日、自分の尿の検査をする時、尿瓶にメモを貼っておいた。

主治医に対して自分の気持ちを伝えたかったのである。


「これは小生の尿には御座無く、妻の涙に御座候」


ある日、鷗外は妻を枕元に呼び、あることを頼む。

いつの間にか枕元に黒光りのする漆塗りの文函が置いてある。


「志げ、実はこの函に入っている写真と手紙を庭へ下りて焼いて欲しい」

「なんでございましょう?」

「包み隠しなくズバリ言おう。俺がドイツに留学していた時に心安くなった女のものだ。お前は小説の『舞姫』を読んだことがあるね。そのモデルになった人だ」

「でも『舞姫』はほとんど創作なんでしょう?」

「そうだよ。しかしお前と知り合う前、ずっとずっと昔、ベルリンで一緒に暮らしたのは事実だ」

「……」

「俺はもうすぐお迎えが来る。俺が死んだあと、この写真と手紙が残れば、新聞社や出版社が嗅ぎつけるかもしれない。だから焼いて欲しいのだ」

志げにとっては青天霹靂の告白だった。

長い沈黙が続く。

志げも独身のころ文学少女であった。

見合いの時、鷗外が『舞姫』の作者だと知って心がときめいた。

作品の主人公、太田豊太郎の恋人に対する純粋な愛。出世のための打算に自己嫌悪する男の悩み。これらを見事に表現した名作に感動したものである。若い女性にありがちな、作品の主人公と目の前の作者を同一視する感情がその時あった。志げもこの小説にはモデルになった人がいただろうなとうすうす予感していたが、深くは追及しなかった。しかし決定的な証拠を目の前に開示されたのである。

徐々に深い怒りと絶望が湧き上がってきた。嫉妬というものではない。

結婚しても夫はエリーゼと絶えることなく文通を続けていたのだ。この人の心はどこにあるのか。

私は彼にとって一体何なのか。私は若くて容貌が彼好みというだけで妻になっているのか。

……知らなければよかった。手紙の事実を……

そして自分にわからぬようそれを極秘に始末してくれなかった鷗外を呪った。

「なぜ、わたしが焼かなくてはいけないのですか」口調がきつくなる。

「志げ、よく聞いてくれ。もしおれがお前の知らないうちにこっそり焼いたとしたら、俺はお前に秘密を持ったまま、あの世に行くことになる。あの世があるとすれば、エリーゼという女の甘い思い出と共に三途の川を渡ることになり、それはますます純化していくだろう。俺は嫌だ。俺の目の前でお前に始末してもらい、二人でけじめをつけたいのだ」

「なぜ二人で？……」

「怒っているのか」

「だからなぜ二人で、と言っているんです！……」


志げは座布団に正座したまま石のように黙りこくってしまった。

うつむいた顔は能面のように表情がない。奥二重の目の美しい瞳の奥に、無限の口惜しさが潜んでいるようだった。気のせいか口惜しさで体が小刻みに震えているようだ。

志げ自身も再婚の身である。お互いの過去を詮索する無意味さはわかっている。

鷗外に重い過去があるのはわかっている。しかし夫は、精神的に過去の始末ができているのか。

……いつもこの人はそうだ。森鷗外という人は決断の人ではないのだ。

決断の人であったのは前の奥様の時だけ。

エリーゼという人の場合も、私の場合でも決断の人ではないのだ。

決断の人であったら、昔、永遠の愛を誓った女がいたとしても自分の心のなかで処分し、折り合いをつけていたはずだ。

決断の人であったら、姑とのもめごとでも私が納得できるように強引に引っ張ってくれるだろう。

決断の人であったら、森一族から、いや夫を取り巻く人々のなかに渦巻く「悪妻」というレッテルを、自分の意地にかけても引き剝がしてくれるだろう。

でもしない。いやできない。

私を人形のように大切に飾っておくだけ。

その優しそうな態度が、すべてを包み込む落ち着きが、あの微笑みが、いかに女を傷つけているかわからないのだ。エリーゼの写真を私に焼かすことが私への愛と信じるその優しさが嫌……

志げは知らない。パッパの愛ともう一つ、りんさまの愛があったということを。

鷗外の愛に深く包まれた二人の女性は、お互いを知るはずもない。

もし神様のいたずらでおせきがこの場にいたとしたら。

「志げさん、りんさまの愛って本当に不思議なものだと思いませんか？　もう自分が小鳥になって、りんさまの大きな両手で包容されているって感じ。でもね、相手をとろけさすような優柔不断な優しさこそが女の本当の敵なのよ」

と、志げの手をしっかり握り占めてくれるだろう。

志げは気を取り直した。

……もう時間がない。夫に残された時間はない。夫に意見して苦しませてはいけない。体調を悪化させてはならない。

夫の言うように、エリーゼとの思いをあの世で永遠のものに結実させないために、私が今ここで焼却してしまうのが最善の選択だと思うようにしよう。無理にでも信じよう……

志げは夫に対し初めて妥協した。いや正確には「妥協というベストな解決法を、生まれて初めて選択した」という方が正しい。

「わかったわ、パッパ、わたしが焼きます」

志げは文函を持って庭に下りた。

函を開けると写真は油紙に包んであり外から見えない。

手紙はバラバラに入れてあった。ここにも容易周到な鷗外の意図が働く。

写真がそのままだと志げに映像として残る。手紙がそのままなのはドイツ語なので志げは読めず、ちぎって燃やしやすい。これが鷗外なりの優しさなのか、思いやりなのか、合理性なのか。

彼女はしゃがんで小さな焚火をおこした。

黙々と火に手紙と写真を投げ入れる志げの背中を、床の中から鷗外はじっと見ていた。

微風に吹かれて風鈴の音が快い。

……これでもう思い残すことはない……

立ち上るかすかな煙はしばらくして消え、いつものしんとした庭に戻った。

夏の昼下がり、沙羅の花だけが志げの奇妙な営みを見つめていた。

青々とした葉腋（葉の付け根）に咲いたこの大きな白い花はもうすぐ散る運命である。

この花は夏椿とも呼ばれている。

# 終章　夕顔

## 一

七月に入り病状は加速度的に進む。

……息が苦しい、痰を吐き出したいが自力ではできない。尿が出ないので浮腫は全身に現れてきた。肺胞に水がたまり、ゼロゼロという異様な呼吸音がする。

七月六日、鷗外は親友賀古鶴戸を呼び出した。医学校以来の唯一無二の仲である。

かすれた声で口を開いた。

「賀古君、なにも言わずにオレの言うことを書き取ってくれ」

苦しい息のもとで賀古鶴戸に遺言を口述筆記させた。幼少期から漢文で文章を書くことを教育されてきた鷗外らしく、一切無駄がなく、簡潔明瞭である。

遺言を目にした遺族、親類縁者は目を丸くした。

墓石に、陸軍軍医総監とか勲位などの刻入はまっぴら御免。ただ石見人《いわみ》、森林太郎として死にたいので、墓石には本名以外は入れるな。もちろん鷗外というペンネームも入れるな、ということに驚いた。

自分の死は、「いかなる権力といえども口出しできないぞ」という強い主張と、死んでしまえばそれまでよ。ではバイバイ……というアイロニーに満ちた遺言。

鷗外をよく知る人であれば出世競争の勝利者であっても、その遺言の裏に潜む屈折した心理をくみ取れるはずである。つまり精神的自由を「家」と「階級社会」と「陸軍」という権力に抑圧され続けていたことへの最初で最後の反逆とわかるはずである。

八日、意識状態が低下、言葉は支離滅裂になった。

こんな状態でも志げと森一族との対立は続く。志げは継子於菟を憎み、その嫁・富貴も嫌い、鷗外の弟、妹をすべて敵視する。だから相談事は別室でやらざるを得ない。

妹、小金井喜美子でも兄嫁をはばかって近寄りかねていた。

富貴も長男の嫁として立場がない。

夫於菟がドイツ留学中で父のことを頼むと言われているのに義母に遠慮して手伝いすらできない。

彼女は秋田県の開業医の娘だったが、嫁いできた矢先に「いずれ森の家も源実朝が死んだあと、北条に乗っ取られたようになるよ」と言われて以来、義母を怖れていた。

富貴は喜美子に懇願した。

「喜美子叔母様、こんな大事な時にお父様の傍に居られないなんて……お義母様に何とか言ってください」

「富貴ちゃん、いくら言ってもあの人はダメなのよ。議論になってしまって、大声になってもし兄の耳に入ったら……」

富貴は返す言葉がなかった。

結局鷗外の死の床へ侍ることができたのは、訪問客を除けば志げと、主治医、看護婦、親友の賀古鶴戸と森家の女中頭、おえいさん（畠山栄子）だけであった。とても死にゆく人を看取るという雰囲気ではない。

九日、朝、看護婦が慌てて皆を呼んだ。心肺停止寸前である。

志げが飛びついた。

「パッパ、死んじゃいやっ！」と枕元で取り乱す。あまりにも乱れようがすさまじいので、賀古鶴戸がたまりかねて「見苦しい、だまれ！」と怒鳴りつけた。

やがて息が聞こえなくなり、賀古は一礼、「それでは安らかに行きたまえ」と言い、遺族とその後の打ち合わせに入った。夜、デスマスクがとられ、防腐処置が施された。

後年留学から帰ってきた於菟は、おえいさんから臨終の様子を聞いた。

「瀕死の旦那様（鷗外）の身辺は、あってはならないほど騒々しく、考え方の違うご家族の中でもめにもめました。わたしたちは本当に悲しくて淋しい思いで一杯でした」

於菟は父に「自分が死んでも留学が終わるまで帰ってくるな」と言われていた。

父の死に目に会えなったことは悔いが残るが、おえいさんの話を聞いて、臨終を見なくて済んだことに少し安堵した。

十二日、谷中斎場で行われた葬儀には、炎天下の中、千三百人もの人が参列した。

遺骨は十三日、向島の弘福寺に埋葬された。

二

葬儀から帰ってきたおせきが翌朝、横丁の家の前で打ち水をしていると、慰めの言葉をかけてくれる人もいれば気を遣って目礼するだけの人もいる。

みんな大人である。

下町の温かい人情は変わらない。おせきはみんなの仲間なのだ。

おせきは千住出身だがもう千駄木の方がふる里のような気がしている。

みんな知っている。

口には出さないけれど、おせきさんは本当に先生に愛されていたことを。

鷗外と別れてから死に物狂いでやってきた裁縫仕事は、繁盛している。

丁寧な仕上の評判が評判を呼び、おせきさんでなければというファンが多いからだ。

やがて美しい娘に成長した一人娘のきんちゃんに婿養子を迎えた。

さあこれで老後は安心と喜んだが、おせきが四十歳の時、なんという不幸かきんちゃんは病気で早死にしてしまった。

でもおせきは挫けない。

「天は自ら助ける者を助ける」の格言通り、婿養子児玉和三郎はおせきを助け、後妻をもらって児玉家を守り続けた。和三郎も頑張り児玉家の家計は豊かになってきている。

鷗外より五歳年下のおせきは今五十五歳である。

なにも頼るすべがなかった貧しい女は必死で努力してこの年を迎えた。

人間の運命なんてわからないと、自分に言い聞かすことばかりである。


夜、裏庭に打ち水をして蚊取り線香を焚いた縁側で、団扇片手にボーッとしていると若い日の思い出がよみがえってきた。


この家に越してきた時は、裏庭は雑草が茂っていた。

りんさまが通われるようになって殺風景と思われたのだろう。出入りの植木屋に命じきれいに草刈りをさせ、適当な庭木を植えさせた。それから植木屋さんがまめに手入れしてくれたおかげで、小さいけれどとても素敵な庭になっている。

ツツジ、ソヨゴ、ギンモクセイ、などが微妙に時をずらして花を咲かせてくれる。ヒメクチナシはわたしの一番の好きな花で、毎年梅雨のころジャスミンのようないい香りの白い花を咲かせる。観潮楼に咲いていたのをりんさまにねだって株分けしてもらったものだ。この花は終わってしまったが、秋にはかわりにギンモクセイの白い花が咲いてくれる。ソヨゴは飾り気のない庭木だが、秋になると小さいサクランボ状の赤い実をつけるのでとても可愛い。

りんさまはよく赤と白の競演だね、と嬉しそうに言われたものだわ……

りんさまが来られた時には、軽くお酒を飲まれながら、他愛もない話をされる。それから「ちょっと勉強しようか」と誘われて、訳詩集『於母影』で詩の楽しみ方、雑誌『しがらみ草紙』で小説の読み方などを教えてもらう。まるで塾で、生徒が先生に教えてもらうような楽しい時間だったわ。

やがて夜も更けると妖しい雰囲気になり、りんさまが求めることもあればわたしが素振りをすることもあった。

その時はわからなかったが、今になってよくわかる。

いっしょに過ごした日々は体の関係よりも、もっと大切なものをりんさまは私に教えようとしたのではないか。未熟な女を自分好みの思考を持った女に変える。そしてその女と価値観を共有する世界に耽溺する……さなぎが蝶に変わるように、りんさまは自分によって変身していく女を眺めるのがなにより好きだったのでは……

ただしりんさまは、さなぎが蝶に変身する過程そのものを楽しんでいただけで、蝶になってしまうと興味が失せるのでは、といつも心の底で思っていた。不安だった。

あの日、奥様がお輿入れの日、平常心であったといえば嘘になる。

私もこのままで、愛人として優しいりんさまと永遠にいたいとフッと思ったこともある。

でもりんさまの優しさが怖かった。


羽二重布団のような優しいりんさま……

優しいだけの羽二重布団にくるまれている私はどうなるの？

私はこのまま、スヤスヤまどろんでいてもいいの？

羽二重布団は答えてくれない。

羽二重布団は優しく包んでくれるだけ。


りんさまの優しさは絶対的なものだろうか。私のりんさまへの愛も「経済的援助を受けているから」という理由が隠れていないだろうか。

……私は少しずつ「愛されるだけの人形」は嫌だと思うようになったのです……

りんさまとの出会いが自分を成長させ、りんさまへの愛こそ自分の心を豊穣なものに育み、りんさまとの別れが強い女に生まれ変わらせてくれた、と今、信じている。

三

おせきは自分はとても大きな財産を持っていると思う。

……りんさまのおかげで、今、私は他の女の人が持っていないとっても素敵な財産を持っています。文学の楽しみ方を教えて頂いたおかげで、色んな作品が楽しめるようになりました。りんさまが生きておられたら、今の私を見て欲しいのです。そしてりんさまと本の感想を述べあって議論することができたらどんなに素敵なことでしょう……

七年前におせきは鷗外から大きなプレゼントをもらっていた。

籾山書店から発行された『雁』という単行本である。鷗外はおせきとの「約束」を忘れていなかった。「私も『舞姫』のエリスのように、愛する人と暮らした証《あかし》を永遠にこの世に残したい」との小さなわがままを叶えてやったのである。

しかし今のおせきは『雁』の内容にも容赦ない。（もちろん本そのものは嬉しくて仕方がないので

あるが)

……『雁』の中の妾のお玉は私がモデルだとすぐわかります。お玉の気持ちは私がりんさまと知り合った時そのものです。

でもりんさまは、「女はどんどん変わる」ということをおわかりにならない。

女はいつまでも男の人の着せ替え人形ではありません。

女だって羽ばたくのですよ。お玉が恋焦がれた人と別れた後、お玉はどう変わったか、書いて欲しかったです。でも軍医総監という立場上、これ以上書けないのはわかっています……

おせきは若い頃から本当に変わった。

つつましい生活は変わりないが、心の中で誰かに依存しなければならない、という頸木《くびき》が取れたのだ。愛の存在を絶えず確かめる心細さを持たなくてもよいことが、こんなに自由な気持ちにさせてくれるとは。手に職を持ち、自分の責任で生活を営むという、平凡であるがささやかな自立という幸せをかみしめている。

りんさまの葬儀が終わって一カ月。

ある日の夕方、庭と玄関に十分に打ち水をし、戸を広く開け放つと、少し涼しい微風が入ってくる。

……今日の昼間は暑かったわねェ……とちゃぶ台の前で疲れたおせきは、うとうととしてしまった。そしてそのままゴロンと畳の上に横になった。

チリンチリンと風鈴の音がだんだん小さくなる。

夢か現か、りんさまの顔が浮かんでは消える。そのうち何もかもわからなくなって寝込んでしまった。

柱時計が夜八時を打った。目覚めると汗ぐっしょりである。熱気の籠もった部屋で爆睡してしまったようだ。冷たい水を何杯も飲んだ。


……あっ、しまった。夕顔さんにお水をあげるのを忘れていたわ……


玄関の外で夕顔は待っていた。

あわててじょうろの水をかけてやると、日中の日差しでぐったりしていた白い花は、みるみる元気を取り戻した。りんさまが小倉へ左遷されてから、淋しさを紛らわすため種をまいたのが始まりだが、ずっと育てているので家族のようだ。

半球状の小さな水滴が花びらにあちこちくっついて落ちそうで落ちない。水滴も一生懸命でとても可愛らしい。

おせきは花たちに、

「りんさまはいなくなってしまったけれど、がんばれ！」

と励まされているような気になった。よく晴れた夏の夜空に満天の星がにぎやかにさざめいている。もう二十年も前になるかしら、りんさまと最後にこの家で会ったのもこんな夏の夜だったわ、と思い出した。

……少し落ち着いたら、向島の弘福寺へりんさまに会いに行こうかな……

＊

あるよく晴れた晩夏の朝、一人の初老の婦人が涼し気な和服に身を包み、美しい花束を持って団子坂を下っていった。

白地の麻の長襦袢《じゅばん》が黒地の紗《しゃ》に涼し気に透けている。紗には京都嵐山の鵜飼《うがい》の様子を施した漆箔絵《うるしはくえ》羽《ば》。残暑が厳しいが、秋を先取りした鵜飼模様の選択はさすがにオシャレである。琥珀縁《こはくぶち》のレースの日傘をさし、襟を粋にすかして足早に去っていった。一部の隙も無い着こなしである。

坂下の繁みから蟬たちの合唱が騒がしい。

ミーンミンミンミンミーィ、ジーィジーィジーィジジジジジ、シャシャシャシャシャシャシャ……

みんな今を最期とあらん限りの声を振り絞って鳴いている。

今日も暑くなりそうだ。

# あとがき

島根県津和野町、森鷗外記念館。

私は一人の美しい女性の展示パネル写真に魅せられてしまった。

どこか淋し気な、ほっそりした和装の竹久夢二風美人。何か控えめで自己主張せず男に尽くすようなタイプ……

鷗外の離婚後、観潮楼で身の回りの世話をした……とそっけなく説明文があるだけ。

それにしては「児玉せき」と本名までわざわざ記載してあるのが不思議だなァ……と思った。

……この妻でもない夢二風の綺麗な人は一体誰だろう……

後で当時のスキャンダル新聞に、児玉せきは鷗外の妾として実名で暴露されていることを知った。

たちまち私のレベルの低い好奇心に火がついた。

何とか彼女に迫りたい。できたら色々調べて鷗外の愛した彼女を本に書きたい。

でも一次資料がない。どうしたらよいのだ。

調べるうちに鷗外の長男於菟のエッセイ「父親としての森鷗外」の中に「鷗外の隠し妻」として載っているのを見つけた。

これですよ、これこれ！

貪るように読んでいったが、通底しているのは（1）離婚後の鷗外の性欲処理器械、（2）忍従の世界に生きた知性も教養も低い気の毒な人、の二点である。なんだか悲惨で暗そう。

それどころか読めば読むほど児玉せきに対する侮辱の言葉がひどくなる。

「妻のない空白期間に役に立った木偶《でく》」「器械」「イボタの虫（薬用の虫）」など読むに堪えない。

なんだか腑に落ちない。於菟はよちよち歩きの頃から子守の彼女にあれほど可愛がってもらったのに……

女の好き嫌いが病的に激しい鷗外先生のお眼鏡にかなって、先生が再婚するまで十年も一緒にいたのである。いくら妾とはいえ「知性」や「教養」がなければ気難しい先生のお傍に居られるはずがない。先生の好みでなければ身の回りの世話をするなど問題外だ。

鷗外先生の再婚が決まって悲しい展開もあったはずだ。先生は情けを持った女に冷酷非情に頰かむりできる人ではない。だから単なる「ポイ捨て」の女性であったとはどうしても思えない。

ではなぜ於菟はこんな一文を書いたのだろう。

恐らく敬愛する父の相手を無価値なものにすることで、スキャンダルの矮小化を図ったのかもしれない。


……話題にするほどの値打ちのある存在ではありませんよ……と。

しかしこれではあまりにも彼女は救われないではないか。

侮辱されて、忘れ去られた女を、せめて小説で何とかしてあげなければと私は思った。

でも本当の一次資料がない！

あるのはおせきさんの写真だけ。次善の策として於菟のバイアスのかかったエッセイと、鷗外の晩年の名作『雁』を参考資料に選んだ。

『雁』は、現実に妾を持った人間では書けないのではないかと思うほど、妾と旦那のやり取りがリアルだ。紙幅の関係でこの小説と現実の鷗外との一対一の対応研究は専門書に任せよう。

しかし鷗外文学は〈論理性と構成力は天才だが創造力が弱い〉と言う文芸評論家もいるぐらいだから、『雁』の描写は創造ではなく、先生の眼前の写実ではないかと期待できる。

いくら於菟が否定しても……

しかしこれだけではおせきさんを描くのに余りにも乏しい。

悩んでいるうち鷗外先生の歴史小説は、二つに分かれることを思い出した。

「歴史其儘」と「歴史離れ」である。

前者は、事実を尊重し嘘をつかない厳正たる歴史書に近い著述で、エビデンスを重視する医学研究者としての先生の癖が出ている。だから完璧な一次資料が山ほど必要だ。

後者は、史実を借用しても細かな歴史事実にとらわれず、作者の自由な解釈を伸び伸びと展開させて書けばよい。

「そうだ、鷗外先生も史実を借用して勝手に想像してよいのだ、と言われているじゃないか！」

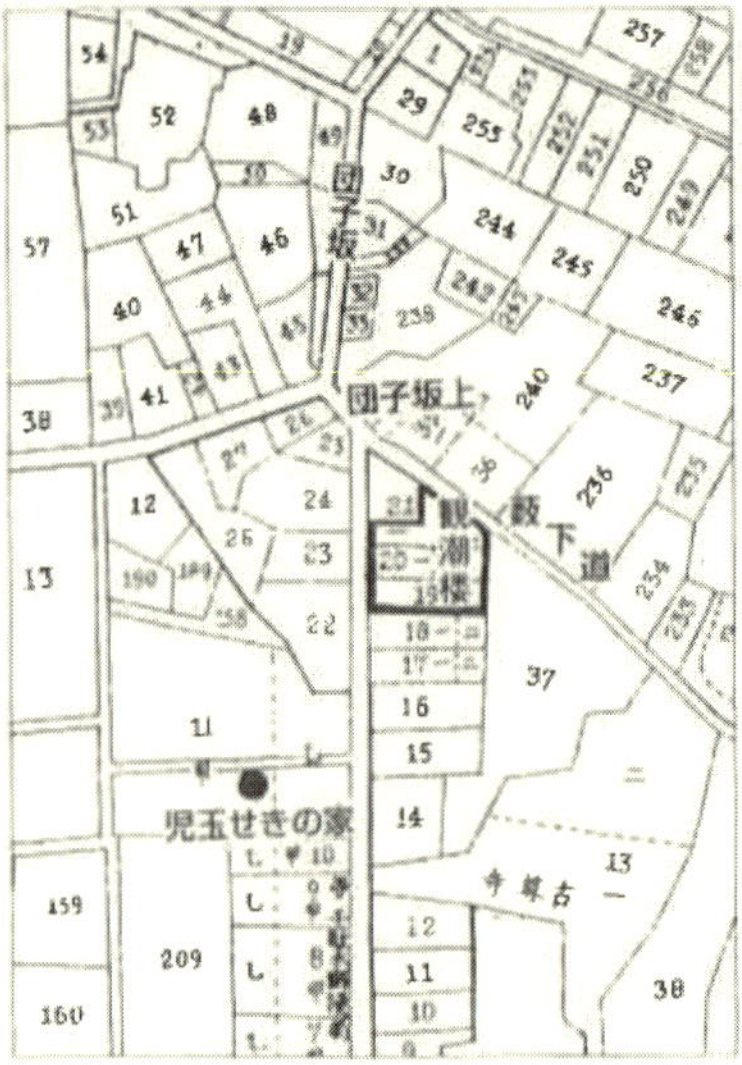

観潮楼とおせきの家（森まゆみ著『鷗外の坂』新潮社、285頁より引用）。

一次資料がなくても、参考資料を駆使しおせきさんの「歴史離れ」をつくってみようと思った。でも一番の問題はおせきの心がわからないことだ。

いわゆる「女心」を改まって妻や娘に聞けるはずがない。まして男尊女卑の明治時代、女は男にどう接していたのだろうか。

文芸作品がすべてを物語るわけではないが、最近『女を書けない文豪たち』という痛快な文芸評論が現れた。著者は新進気鋭のイタリア人

観潮楼趾の鷗外記念館（左手の建物）からおせきの家のあった横丁を見る。道路の先の横断歩道の右手が横丁である。想像以上に近い距離にあることがわかる。

横丁の入り口から奥を望む。向かって左手の真ん中あたりにおせきの家があった。

女性研究者。ヒロインの気持ちを女性の立場から分析しているので説得力がある。男の私が女心をあれこれ考えるのはよそう。下手の考え休むに似たり。

一部引用する。

（文豪たちは）まごついたり、ビビったり、自らの気持ちをストレートに表現できなかったりする男性ばかりを描き始めた。しかも彼らの想像から生まれた、自己中心すぎる「ダメ男」（鷗外先生のことらしい）のそばには、優しく包み込んでくれる従順な淑女が勢ぞろい。たとえ明治の時代でも、そんな都合のいい女なんてありはしない。フィクションと現実との境界線が曖昧な作品が多いだけに、よりいっそう疑わしい。

きつい評論だが、なるほど鷗外も含めたいろんな文豪たちが描く女性像は、男の論理で作ったものかも知れないな、つまり男にとって、「こうあってほしいという願望」の表れに過ぎなかったのじゃないか？と思うようになってきた。

……われわれは現代の女の強さを十分わきまえているが、実は明治でも女はたおやかに見えても、本当は芯が強いのではないか……

この推測にもとづいて私はおせきさんをたくましい女性に生まれ変わらそうと思った。

泉下の鷗外先生は、「勝手なことを書きやがって！」とお怒りになるだろう。

でも、手前勝手だが、おせきさんの存在は史実なのだから「歴史離れ」を提唱された先生は、ムッツリしながらもきっと許して下さるだろう。

児玉せきは鷗外が亡くなったあとも千駄木に住み続けた。

この間、志げが五十六歳で腎不全でなくなり、昭和十二年（一九三七）には観潮楼は失火で離れを除いて全焼してしまった。おせきはどんな思いで見つめていただろうか。

日本が大東亜戦争に突入する直前の昭和十六年十月九日、当時としては七十四歳という長寿で天命を全うした。

千駄木に住み続けたのは、単に住みやすかったのか、鷗外の思い出深い地を離れたくなかったのか、あるいは女の意地か、誰にもわからない。

でも近所の蕎麦屋や床屋のオヤジの回想では、地味な着物を来た断髪の小柄で綺麗なおばあさんで、折り目正しく如才ない人だったことで一致している。ひっそりと一人暮らしをしていたようだが、二人の孫を見かけた人もおり、それなりに平穏に暮らしていたのではないだろうか。

おせきさんは名もなくひっそりと歴史から消えていった女性だ。

けれども鷗外から注がれた愛を心の糧に、ささやかながらも次のフェーズに飛び立っていった女性だ、と私は思えて仕方がないのである。

この本はおせきさんへの限りないエールを込めた作品である。

＊

最後に鷗外愛があまりにも強く出すぎてしまう私の癖をハラハラしながら最後まで見守り、ノンフィクションタッチを少しマイルドにしたらと提案して頂いた作品社の福田隆雄氏に感謝申し上げます。
また昔の文豪は現代人と比較にならないほど着物に造詣が深いので、名作『雁』の女性装束の理解に難渋しました。これには東大阪市在住の和装研究家の権野歳子氏（箏歳会総裁）に実物の着物を前に解説して頂きました。おかげでおせきさんをより魅力的に着飾ることができました。改めて深謝いたします。

また以下の著作を参考・引用させて頂きました。


**森鷗外の著作**

『鷗外全集』全三八巻、岩波書店〔一九七一～五〕
森鷗外『うた日記』（名著復刻全集　近代文学館）、ほるぷ出版〔一九七五〕

**単行本**

イザベラ・ディオニシオ『女を書けない文豪たち』、角川書店〔二〇二二〕
石川　淳『森鷗外』、岩波文庫〔一九七八〕
黒岩涙香『弊風一斑　蓄妾の実例』、社会思想社〔一九九二〕

小金井喜美子『鷗外の思い出』、岩波文庫〔一九九九〕
田山花袋『布団』、岩波文庫〔一九七五〕
西村　正『闘ふ鷗外、最後の絶叫』、作品社〔二〇一一〕
森　杏奴『晩年の父』、岩波文庫〔一九八一〕
森　於菟『父親としての森鷗外』、ちくま文庫〔一九九三〕
森　茉莉『父の帽子』、講談社文芸文庫〔一九九一〕
森　類『鷗外の子供たち』、ちくま文庫〔一九九五〕
森まゆみ『鷗外の坂』、新潮社〔一九九七〕
山崎國紀『増補版　森鷗外・母の日記』、三一書房〔一九九八〕
山下政三『鷗外森林太郎と脚気紛争』、日本評論社〔二〇〇八〕
吉野俊彦『鷗外・五人の女と二人の妻』、ネスコ〔一九九四〕
六草いちか『それからのエリス』、講談社〔二〇一三〕

## その他

石黒忠悳『石黒忠悳日記抄・竹盛天雄編』、岩波書店　鷗外全集三六～八 月報〔一九七五〕

表紙の絵について：夕顔

この名の由来は、夏の夕方に白い花を咲かせ翌朝にはしぼんでしまうことによる。朝顔に似ているが朝顔はヒルガオ科、この花はウリ科であり全く別種である。

花言葉は「はかない恋」「夜の思い出」「魅惑の人」。

［著者略歴］
西村正（にしむら・ただし）
昭和23年生まれ。奈良医大卒業後、大阪大学大学院医学研究科修了。同大学医学部第一外科入局。現在兵庫県尼崎市で医院を経営する傍ら文筆家としても活躍。主な著作に、歴史・戦史ノンフィクションとして『司馬さんに嫌われた乃木・伊地知両将軍の無念を晴らす』（高木書房、2016年）、『明治維新に殺された男――桐野利秋が見た西郷隆盛の正体』（毎日ワンズ、2018年）、『石原莞爾の精神病理――満洲合衆国の夢と敗戦後の変節』（展転社、2022年）がある。また文豪では森鷗外が大好きで、前作に医学面と文学面をシンクロナイズさせた評伝『戦ふ鷗外、最後の絶叫』（作品社、2021年）がある。

もう一人の舞姫　鷗外の隠し妻異譚

2024年9月20日初版第1刷印刷
2024年9月25日初版第1刷発行

著者―――西村正

発行者―――青木誠也
発行所―――株式会社作品社
〒102-0072　東京都千代田区飯田橋2-7-4
Tel 03-3262-9753　Fax 03-3262-9757
https://www.sakuhinsha.com
振替口座　00160-3-27183

本文組版――有限会社吉夏社
装丁―――小川惟久
印刷・製本―シナノ印刷（株）

ISBN978-4-86793-049-6 C0093